原本陰沉的我
要向青春復仇
慶野由志
插畫
たん旦
1
和那個
天使般的女孩一起
Re life
Kadokawa Fantastic Novels

CONTENTS

序幕

相當微小的，宛如夢境的美麗記憶

序幕
相當微小的，宛如夢境的美麗記憶

「新濱同學，輕小說你熟不熟啊？」

「咦……？」

突然被這麼搭話，讓放學後在圖書館裡的我完全僵住了。

因為我完全沒有想過會跟聲音的主人有私人的對話。

那名女學生異常地可愛。

有著宛如以黃金比例配置般的臉龐，肌膚簡直像把牛奶溶進去般那麼白，甚至還有些許甘甜香味。長長黑髮就跟最高級絲絹一樣光豔動人，光是被她如同閃耀星星般的眼睛注視，男生就會心神蕩漾。

男孩子們經常熱切地討論她是校園第一美少女，我也完全同意這個看法。

「啊，嗚……沒有啦，那個……多……多少有看一點……」

不習慣跟女孩子對話的我，只能擠出這種散發強烈母胎單身感的回答。

我則是跟少女完全相反，屬於灰暗御宅族樣板模樣的陰沉角色。

像這樣在校內地位屬於最低等級的我一跟宛如城堡內公主的存在交談，自然會體認到身分上的差異而產生罪惡感。

「啊，果然是這樣嗎！之前在圖書館看見你正在閱讀，我就想會不會是這樣了！」

即使擁有足以震攝他人的美貌，少女還是以非常客氣且開朗的聲音說話，臉上同時浮現親切的笑容。兩者之間的反差更是讓她的魅力提升了好幾倍。

「那個，不介意的話希望能幫我一個忙。其實我在找一本書……」

似乎沒有注意到我因為這種極為特殊的狀況而緊張到僵住，她開始說明整件事。

少女似乎很喜歡閱讀，經常在網路上尋找各種類型的推薦書籍來看。最近那些書裡面有網路評論熱烈推薦的輕小說，所以來學校的圖書館想要找找看——

「但是我不小心忘記了書名，而且輕小說的藏書比想像中還要多，讓我根本不知道是哪一本。內容好像是主角騎著摩托車到各個國家旅行的樣子……」

「啊……嗯，那個，如果是那本書的話……妳……妳稍等一下……」

光聽見這樣的說明就靈機一動的我，隨即靠近輕小說的書架從深處拿起她正在尋找的書籍。幸好那是本相當知名的書籍，喜歡輕小說與漫畫的我立刻就想到書名了。

「怎……怎麼樣……是這本嗎？」

「啊！沒錯！確實是這個封面！」

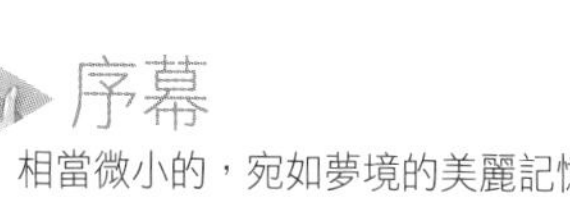

序幕

相當微小的，宛如夢境的美麗記憶

把文庫本遞過去後，少女的臉就瞬間發出光輝。

「竟然能這麼快就知道，真是太厲害了！幫了我一個大忙！」

黑髮美少女對只是找到一本書的我露出了炫目的笑容。那毫不掩飾的直率感謝之詞，在原本就不習慣與女孩相處的我心裡產生極大的迴響。

（話說回來……校園第一的美少女竟然會看輕小說……）

眼前的少女也喜歡我鍾愛的事物。雖然這其實不是什麼大不了的事情，但這個事實不知道為什麼就是讓我感到很開心。

「新濱同學一定看過很多輕小說吧。有沒有什麼推薦的書呢？」

「咦？啊，沒有啦，那……那個……」

對方以帶著期待的眼神突然這麼問道，讓沒想到對話會進行下去的我整個慌了手腳。但這時候不可能一直保持沉默，於是便焦急地流著汗水全力運轉平時沒什麼用到的腦袋，思考著該推薦什麼樣的書才是最佳選擇。

最後好不容易做出結論，再次靠近輕小說的書架，根據御宅族的經驗選擇能推薦給女孩子的書籍。

「那……那個，這只是我個人的喜好……」

「哇，這麼多！啊，不過每一本的氛圍都很接近，看起來很棒耶！」

「啊，嗯，因為我是選擇跟妳所找的書同一系統的作品……」

由於她看起來是喜歡閱讀不過尚未熟悉輕小說的樣子，所以試著選擇接近一般小說的作品來作為入門，看來我的選擇是正確的。

「咦，還從推薦作品裡選出適合我的書嗎？謝……謝謝你！不好意思給你添了這麼多麻煩！」

人人憧憬的美麗少女竟然對我這種人低頭了。

「不過有了意料之外的收穫真是太感謝了！之前沒有什麼聊過，不過新濱同學真的很親切耶！」

「————……」

那表裡如一的發言讓我留下非常深刻的印象。

已經是高中生的我們，評斷對方的價值已是理所當然的事。

大家都喜歡帥哥與運動健將，相對地像我這種畏畏縮縮的御宅族則通常會遭到輕視。

但是她的眼睛與聲音裡完全感覺不到那種氣氛。

就像完全沒有注意到我在學校的地位與陰暗的氛圍一樣，以小孩般的純真模樣向我道謝。

「今天新濱同學在這裡真是太好了！真的很謝謝你！」

就這樣，她在染上晚霞色彩的圖書館裡露出滿臉笑容。

序幕

相當微小的，宛如夢境的美麗記憶

她天使般的美貌加上彷彿清澈清流般的心靈後呈現出的完美笑容，讓我的心產生無比強烈的悸動。簡直就像春風直接吹拂過內心一樣，眼睛與心都完全緊盯著她——將這一幕變成永遠的繪畫烙印在我的腦海裡。

之後回想起來，這只是一件微不足道的小事。

對她來說根本不算什麼特別的事，應該立刻就遭到遺忘了吧。

實際上，之後我跟她也沒有發展出什麼特別親密的關係。

但是——在灰暗且沒什麼朋友，對於周圍總是畏畏縮縮的灰色青春時代裡，那已經是唯一有光芒射入的瞬間。

那是今後不論年齡再怎麼增長都能回想起來的——宛如夢境般的美麗回憶。

▶第一章◀ 從社畜超越時空回到那個時候

「…………是夢嗎……」

時間是深夜。

加班中不小心趴在辦公室桌子上睡著的我──新濱心一郎，在除了穿西裝的自己之外就沒有別人的空間裡這麼呢喃。

作了一個令人懷念的夢。夢到了永遠無法取回的剎那間情景。

但是……甜美的夢化作幻影，覺醒的意識強迫我接受殘酷的現實。

「我的人生……為什麼會變成這樣呢……」

出社會到現在已經十二年……今天晚上依然有不合理的重擔壓在我的肩上。

眼前堆著像座小山一樣，幾乎快滿出桌子的資料。

這些全部都是被推到我身上的工作，而且明顯已經超出一個人所能應付的量。

它們本來是上司的工作，但是他本人在快到下班時間時就說了一句「明天前把它們完成！」，並且把它們全都推給我。

第一章
從社畜超越時空回到那個時候

「哈哈……進入公司後一直是這種狀態……」

高中畢業之後立刻錄取的這家公司是標準的黑心企業，至今為止我不斷被迫接受無薪的免費加班、連續百日上班、對應超脫常軌的奧客、極不合理的交貨期限等等狀況。

「相信公司『肯努力必定有回報』的愚蠢口號，到了今天已經三十歲了嗎……」

我的內心已經感覺到某種極限，平常只存在於心中的濃稠情緒已經湧到了喉頭，讓我忍不住在無人的辦公室發出聲音。

「薪水只有那麼一丁點也完全沒有升遷，只能面對用完就丟的命運……」

損耗的不只是精神方面。這幾年來頻繁受到暈眩與身體的抖動襲擊，白髮也越來越多。因為惡夢而驚醒的情況已經不是一次兩次。

之所以能持續在環境如此惡劣的公司工作，純粹是因為我沒有辭職的勇氣。

「我真的從以前就一直是陰沉角……灰暗又膽小且討厭努力……面對必須戰鬥的事情就立刻逃跑，那種時候總是選擇輕鬆的方法……然後到現在還是處男……哈哈，哈哈哈……」

突然間湧出的眼淚濡濕了眼眶。

到職之後，已經不知道有幾百次被這種漆黑的絕望壓迫了。

不對，不是從到職之後。我的人生從學生時代就是一連串的失敗。證據就是沒有留下任何美好的回憶——

「不對……」

當我沉浸在悲嘆當中時，突然回想起剛才打瞌睡時在夢裡見到的光景。

那真的是相當微不足道的記憶，甚至不知道能否稱為回憶……

我操縱智慧型手機，擴大顯示以前班上的團體照。

照片裡面是一名擁有黑色長髮的少女。外貌像是實際體現美麗這個名詞的亮麗少女，在照片裡面露出純真的耀眼笑容。

「紫条院同學……」

紫条院春華。人長得漂亮又是有錢人家的大小姐，但個性相當溫柔──是我高中時所憧憬的同班同學。

跟我一樣是圖書委員的紫条院同學，很親切地對我這種人搭話。和她交談的短暫時間就是我人生最美麗的回憶。

（……但是……）

只不過在紫条院同學發生「那種事」的現在，這段回憶也只會在我心中形成一片陰影。正因為那段記憶實在太美麗，其反動也變成銳利的疼痛感刺入我的胸口。

我已經沒有任何可以療癒心靈的記憶了。

人生無法得到任何收穫。我在這十二年裡只有不斷地失去。

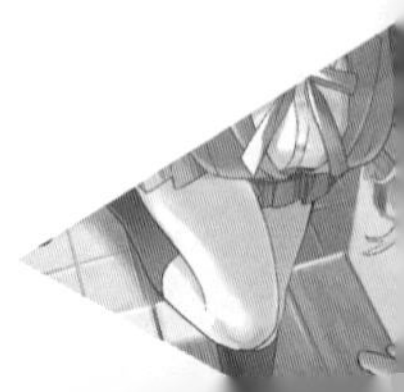

——為什麼？為什麼會變成這樣？

我很清楚自己做出錯誤的選擇。

但是到底要在什麼時候做出什麼樣的事……才能成為可以持續尋找正確道路的強大自己呢？

「大概……高中就是最後的機會了吧。」

我還能夠當個小孩子的最後一段時間。這段成為大人前的最重要時光，我沒能從灰暗御宅族蛻變，只是虛度光陰。

「學生時期沒有培養出一些實力，才會之後過了十二年還是這樣。膽小的我無法對自己的人生做出任何改變……一直都是個陰沉角……！」

因此當然只有毀滅的未來在等待這樣的我。

「才三十歲內臟就因為過勞而殘破不堪！媽媽獨自辛苦把我養大成人，卻因為擔心待在黑心企業不斷消瘦的我而害她早早離開人世！」

在無法壓抑情緒的情況下，嘴巴裡不斷吐露出詛咒自己般的發言。

「妹妹因為這樣而討厭我，現在處於斷絕關係狀態！除了沒錢之外，我死了也沒有人會感到難過！」

然後我今後大概也無法改變這個最糟糕的狀態。

第一章
從社畜超越時空回到那個時候

老是從改變自己以及戰鬥當中逃走的我，今後將隨著年齡增長而變得更加卑屈吧。

「……想回去……！好想回去那個時候啊……！」

我像個小孩子一樣痛哭，在無人的職場裡大叫著。

「現在的話……現在就能知道！那個時候的時間有多麼重要！想要擁有什麼就必須戰鬥……到了這個年紀才終於了解！」

想從那個時候重新開始。

想改變我失敗的人生。

有這份在胸口亂竄的後悔，這次我的人生絕對——

「嗚……？啊……嘎……？」

突然有股胸口被揪緊的痛楚，讓我無法好好呼吸。

（這……是怎麼……回事……！）

已經因為過勞而有過好幾次貧血與心律不整的經驗，但從未出現過這種情形……！

「咻……啊……啊……嘰……！」

突然而來的痛苦讓我在桌子上掙扎，堆積如山的資料紛紛從桌上掉落的聲音聽起來很遙遠。手足急遽失去熱量而變得冰冷，無法呼吸讓全身渴望氧氣而發出悲鳴。

非比尋常的痛苦，讓我深深體認到這並非一般的發作。

清楚地知道自己的身體正邁向終點。

（啊……啊啊……我要死了嗎……）

在全身失去力量的情況中，過去就像濁流一樣湧入腦袋裡。

四分五裂的家人。

屏息度過的灰色青春。

不斷被黑心企業壓榨的日子。

悲嘆、自我厭惡、依戀、苦悶，這種詛咒自己般的感情就像要侵蝕心底深處般擴散開來。

所有能想得到的最糟糕回憶如同走馬燈般閃過，心靈也隨著逐漸無法動彈的身體漂白，慢慢回歸成一片空白。

這段過程中所有的心情與記憶都受到分解——

我才注意到那一點。

至今為止從未有所自覺的致命失敗。

（…………啊……）

從某方面來看，欺瞞可以說決定了我的人生。

彷彿象徵著我的陰暗個性般，實在太過於丟臉的事實。

終於自覺自己虛假的心情，人生中最大等級的後悔在最後的最後才膨脹起來到處肆虐，猛

烈地折磨著我馬上就要隨生命一起消失的心靈。

（……竟然……在快要死前……才注意到……這種事……）

對自己感到傻眼之後，意識終於開始混濁，了解到持續被我壓榨的身體已經到了終點。過著任人擺布人生的蠢貨，最後的一刻終於來臨了。

（哈……哈哈，不……不過……）

逐漸喪失意識的我，最後視界看到了桌上的智慧型手機。

以及映照在畫面上的，紫条院同學的燦爛笑容——

（最後……看到的……是妳……真是太好了——）

最後在胸口留下這樣的呢喃——我的意識就消失在深沉的黑暗之中。

*

「…………嗯……嗚…………？」

從窗戶照射進來的太陽光讓我的意識清醒過來。

麻雀的「啾啾」叫聲宣告早晨的來臨，我從棉被裡坐了起來。

「奇……怪……？我確實……」

以朦朧的腦袋尋找著記憶。

我的名字叫新濱心一郎，是在黑心企業上班的社畜，今年三十歲。

昨天確實是累積了大量的工作加班到深夜──

「對……對了！好像有猛烈的心肌梗塞襲來！」

回想起那種疼痛與生命逐漸消逝的感覺，我終於完全清醒。

雖然確信這下絕對死定了……但既然還能像這樣回想，就代表我還活著。

如此一來，這裡是哪間醫院嗎？

「咦……這裡是……？」

視線環視著周圍，發現這個房間明顯不是病房。

然後也不是我公寓的房間。

「我在老家……的房間……？」

大量的電玩遊戲、動畫主角的海報、完全被拿來放東西的書桌、只排滿漫畫與輕小說的書架……這絕對是我學生時代的房間。

「…………不對，等等……怎麼可能有這種事……」

我注意到這種狀況的異常之處，跟著發出沙啞的聲音。

這是因為，這個房間早已不存在於這個世界了。

我的老家在媽媽過世後就被解體，很早之前就變成了空地。

「這是怎麼回事……我是在作夢嗎……？」

茫然望著房間，但實在太過真實，實在不像在作夢。

而且不知道為什麼，身體莫名地輕盈，有種全身充滿活力的感覺。

「到底是怎麼……哇！」

以困惑的視線看向房間的窗戶時，我的腦袋變成一片空白。

因為映照在那裡的模樣，並非到了三十歲已經憔悴不堪的我。

（這……這這這……這是什麼……？我……我的臉怎麼……！）

我無法立刻相信這是自己的模樣。

實在太過年輕……應該說，我以發抖的手不斷觸碰自己看起來像個小鬼的臉龐。沒有任何白髮，應該粗糙不已的肌膚變得相當光滑。

身高在班上算是中等，容貌的話感情還算不錯時的妹妹曾做出「只要好好打扮一番就還看得過去」的評價，但在黑心企業上班所獲得的黑眼圈與蒼白臉龐消失後，看起來就像是另一個人般新鮮。

「這種年輕的模樣……是高中時的我……嗎？」

到了現在這個時候，仍然未能理解這種太過超乎常理的事態。

真要對這種狀況做出合理的說明，唯一能想到的大概也只有是在作夢了。

但是……如果說……

這不是在作夢的話呢？

「年輕身體的我……還有我已經不存在於這個世界的房間……難道說……」

喜歡輕小說與遊戲的我，立刻想到能說明這種情況的現象。

等等……但再怎麼說也太……

「對……對了，手機！嗚哇！好懷念的功能型手機！」

啪一聲打開放在書桌上的折疊型手機，眼睛就看到今天的日期。顯示在該處的是——

「十……十四年前……！我高中二年級那一年？」

看見日期後，浮現在我腦袋裡的假說就更有現實感了。

時間旅行。

假設這裡是過去的世界，而我已經死過一次目前只有意識來到這裡。維持未來的經驗與記憶，簡直就像讀取了遊戲的老舊存檔一樣。

這當然是難以相信的事情。但是，除此之外就無法說明自己為何會返老還童，還有消失的東西為何會存在了。

第一章
從社畜超越時空回到那個時候

「…………………」

這種妄想變成現實的狀況讓我陷入茫然並且僵在現場。想到的假說實在過於荒唐無稽，已經超越被社畜生活銷毀夢想與希望的我所能承受的容量。

然後當我正不知道該怎麼辦才好的時候——

「哎呀？才想說怎麼有聲音，原來你起床啦？今天起得很早嘛。」

門喀嚓一聲打了開來，一看見進入房間的人那個瞬間——我就受到比發現自己返老還童時強烈好幾百倍的衝擊而整個人僵住了。

「媽……媽……」

「？怎麼了？還沒睡醒嗎，心一郎？」

遠比我最後的記憶要年輕許多的那個人，以應該再也無法聽見的聲音呼喚著我的名字。

還活著。

還活著，並且說著話。

因為擔心我而倒下，然後就此過世的媽媽——

「媽……媽媽！嗚哇啊啊啊啊啊啊啊啊啊！」

「喂，你是怎麼了，都已經是高中生了！是吃到什麼怪東西嗎？」

我抱著困惑的母親大哭了起來。

眼淚因為激動的情緒不斷地溢出，久久都沒能停下來。

＊

穿上超級懷念的高中制服後，我一邊走在過去每天必經的上學路上，一邊想著剛才體驗到的奇蹟。

（沒想到能再次見到媽媽……）

因為再次見到媽媽而把體內水分哭光的我，一陣子後終於冷靜了下來，以「作了媽媽被我害死的夢」來作為大清早就痛哭的理由。

面對這樣的我，媽媽說著「真是的，別作這種觸霉頭的夢」，並且為了掃除不安而拍了兩下我的頭。

雖然差點因為這從小就持續的安慰方式而再次流淚，但在我再次忍不住之前就被斥責「夠了，別一直因為作夢而哭哭啼啼的，快點換衣服去上學！要遲到了喔！」。

然後我就因為掛在自己房間衣架上的學生服實在太令人懷念而發呆了一陣子，在催促下換好衣服，像被趕出門一樣離開家裡。

接著就到了現在——

（老實說還很混亂……不過這樣應該不會錯了吧……）

不論是多麼荒唐的假說，目擊到活生生的媽媽之後也只能承認了。這裡是十四年前的世界，現在的我是只有記憶是大人的現役高中生。

走在街上在各處都發現過去的光景後，就不斷加強了這樣的確信。

（太厲害了……充滿了「過去」……）

在智慧型手機仍未普及的這個時代，街上行人拿在手上的都是功能型手機。

或許是聊天應用程式與高解析度手機遊戲都尚未問世吧，邊走邊看手機的人跟社畜時期的我所待的時代比起來少了很多。

便利超商也是一樣，遭到併購而消失的ＱＫ便利店與Gogostore等都還理所當然般存在於眼前。

（雖然被媽媽催著離開家門……不過跟街上過去的光景比起來，應該是大叔的我穿著學生服上學才是最難以置信的現實……應該說我現在真的要去學校上課嗎……？不是開玩笑是認真的……？）

提起學校也因為記憶太過於遙遠，甚至讓我覺得夾雜在穿著學生服上學的學生中走路是非常變態的行為。

之所以還能像這樣實行上學的例行公事，全是因為人生中占了很大一部分的學生時期的習慣，以及身為社會人士強烈忌諱遲到的心理。

（嗯？不對，等一下……這裡是過去的話……）

事到如今才注意到這個事實，讓我忍不住在路中間停下腳步。

（我接下來要去學校……然後回家……重新開始反覆這種過程的生活……明天跟後天都要重新由這個年齡開始度過每一天……）

如果這個過去的世界並非一夜之夢而是對我來說的現實，那我接下來就必須從十六歲這個年齡再次過今後的生活。

（也就是——能夠重來一次自己的人生嗎……！）

正確體認到目前體驗的奇蹟有多大的價值後，瞠目結舌的我開始發起抖來。

重啟人生。那正是未來悲慘地死亡前我所渴望的事情。

（……真的……可以做到這種事的話……）

我完全不清楚這次時間旅行的原理與原因。但既然我帶著肆虐於胸口的「後悔」回到這個時代——

（那麼要做的事情已經決定了……！）

改變我原本是灰色的人生。

要努力地鍛鍊自己，即使要跟哪個人戰鬥也要對自己想要的東西伸出手。

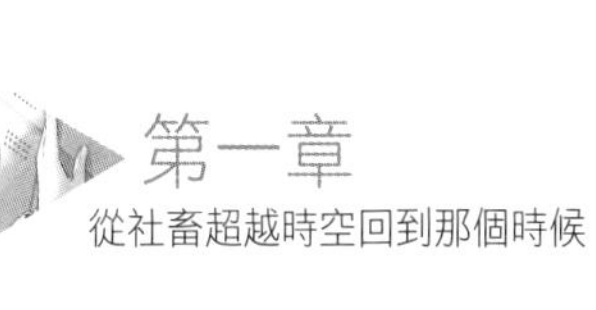

絕對要向過去只有後悔的一切復仇……！

（媽媽的事情也是其中之一。這次的人生……一定要步上正途絕對不讓她擔心。要帶她去吃美食還有去旅行，讓她過幸福的日子……）

除了媽媽的事情外還有無數的後悔。應該說我人生的所有項目全都是後悔，發現這一點的我只能為自己悲慘的一生嘆息。

總之我堅決發誓不進入會破壞社員人生的黑心企業。

（咦……？話說回來……）

未來世界——曾經死過一次的我應該稱為「前世」的臨死前最後一刻，我應該想起了什麼才對。

到了現在這個時候，才終於自覺某種應該感到懊悔的「致命的失敗」。

但是能回想起來的就只有這種程度的情報，受不了自己的是無法具體回想出我最後到底注意到什麼。

總覺得是某件極為重要的事情——

（算了，反正之後會回想起來吧。現在最重要的還是隔了十二年的學校。）

穿上制服走在上學路上，就覺得早上冰涼的空氣很舒服。

身為社會人的自己逐漸淡去，感覺高中時期的自己逐漸回來了。

（當時一想到得去學校就感到痛苦不已，現在卻開始有點期待了。不論是功課還是運動都覺得可以好好努力。擁有未來就是這種美好的心情嗎……）

可以完成任何事。可以到任何地方。當我深深體認到年輕的這種價值時——

「啊，新濱同學。早安！」

突然傳來的銀鈴般聲音讓我回過頭去。

那個女孩就在眼前。

即使我變成大叔也無法忘懷的，青春的寶石。

因為超越時空再次與憧憬的少女相遇——感覺我原本一無所獲就結束的故事又重新開始動了起來。

▶第二章◀ 重新開始第二次的青春

「紫条院同學……」

生前的回憶就出現在眼前，讓我的胸口充滿情緒。

光豔美麗的長髮。

寶石般清澈的大眼睛。

宛如將大和撫子這個名詞實體化般的清秀站姿與美貌。

表現出美麗心靈的天真笑容。

我從學生時代就一直相當憧憬的少女——紫条院春華就在那裡。

「咦，怎麼了嗎？怎麼好像嚇了一大跳……」

紫条院同學端莊大小姐般的說話方式完全符合我的記憶，言行舉止也隨處都散發出高雅的氣氛。

其實本該如此，因為她出身的紫条院家是這個地方歷史悠久的名門，父親是在全國展店的大型書店的社長。真的可以說是現代的公主了。

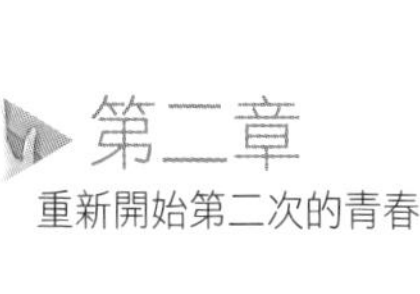

「啊……啊啊，沒有啦，只是還沒睡醒。早安啊，紫条院同學。」

「嗯，早安！」

以滿臉笑容對著我的紫条院同學非常可愛。

她絕不會因為自己突出的容貌與出身於富裕之家而不可一世，連對於我這種在學校不受注意的人也很溫柔。

然後還有著豐乳與纖腰這種犯規的體態，難怪全校男生都為她著迷。

（明明是這麼棒的女孩子……未來卻……）

我望著再次相遇的少女那美麗的臉龐，同時隨著胸口的疼痛感回想起前世她最後的命運。

高中畢業後，紫条院同學繼續到大學念書，畢業後就到某間公司上班，因為美貌與開朗的個性而大受歡迎，而且似乎也能確實完成工作。

但是……職場的女性們因為「長得漂亮又受到男性社員注意實在令人不爽」這種醜惡的嫉妒而對她展開猛烈的霸凌。

藏起私人物品、把工作上的失敗讓她背黑鍋、放出大量的流言蜚語、將大量的工作推到她身上。每天包圍著她叫囂著汙言穢語——而且這還只是一小部分的行徑。

紫条院同學是個相當一板一眼的人，於是沒有找家人商量只是拚命繼續工作……最後精神就出了問題。

而且同一時期，老家的企業也陷入經營不善的狀況，紫条院家這個歷史悠久的名門也隨之中落。因此家人掌握女兒的狀態時已經太遲了。

結果……紫条院同學不斷鑽牛角尖後結束了自己的生命。

受害者是大企業的大小姐所以新聞做了詳細的報導，正身處黑心企業當中的我才知道這個殘酷的事實。

（那個時候……大受打擊的我連飯都吃不下了。）

上輩子跟紫条院同學僅有些許接點，也沒有什麼特別親密的關係。

但是在我灰色的青春當中，和她的短暫對話是唯一的光輝，也是藏在內心深處持續發亮的寶石般回憶。

先不論她的美貌，光是以純真態度來對待任何人的美麗心靈有極短暫的時間是向著我，就足以讓我感到相當高興了。光是有這樣的女孩子存在於世上，就有種獲得救贖的感覺。

她對我來說就像寶石一樣——但這顆寶石卻被無情地擊碎。

雖然形式不同，但是跟黑心企業讓我痛苦不堪一樣，她也是被公司不合理的環境擊潰了。這太過於諷刺的事實，讓我感覺聽見了來自世界的嘲笑聲。

聽見她過世的消息時所出現的悲嘆與懊悔……即使經歷死亡的現在依然無法忘記。

（……知道這一點的我，也能夠改變她的命運嗎？）

第二章
重新開始第二次的青春

如果我能改變未來，我絕對會想救她。

但是目前仍不知道完成這個目標的具體方法。

只不過，現在還是想先跟隔了十二年再度重逢的她交談。

「紫条院同學一大早就很有精神呢。」

「呵呵，昨天也看書看到很晚喔。別看我這樣，早上好不容易才離開棉被呢。你知道的，《零之打雜工》的第七集！」

紫条院同學拿著一個棉布袋，裡面似乎裝有從圖書館借來的書籍，她從袋子裡拿出一本輕小說並且笑了起來。這時我突然想起，她自從迷上輕小說之後，也開始喜歡戰鬥與懸疑等各種類型的書籍。

「啊啊！那一集真的很有趣！尤其是主角源內為了保護主人而獨自對抗七萬大軍真的很熱血呢！」

「就是說啊！能夠分享讓我胸口整個揪緊的感動真是太高興了！」

令人驚訝的是，超越時空的我竟然能很自然地跟自己憧憬的紫条院同學對話。

那是前世不曾有過的深刻體驗。

「咦……新濱同學，你今天好像跟平常不太一樣呢。」

「咦？是……是嗎？」

「是啊，平常話都很少而且臉都看著下面……今天非常開朗，讓我有點嚇一跳。」

她指出的重點完全正確。

我跟紫条院同學一樣是圖書委員，幫忙她尋找輕小說時我們才首次有了私人的對話。

之後開朗的紫条院同學就會跟我打招呼，偶爾也會跟我搭話「這個很有趣！」，但校園偶像對身為處男的我實在太過耀眼，所以只能做出「啊，嗯，嗯……太好了」這種吞吞吐吐的回應，沒什麼機會將對話發展下去。

（嗯，長大成人的我也沒能轉職成陽光角……不過變成社會人士之後就沒辦法再說什麼「不擅言詞了」。）

因為在工作上，不論對方是讓人畏縮的大美女、糟糕的奧客還是職場霸凌的惡劣上司，都得想辦法把對話做出結論。

辦不到的話周圍就會有斥責或是酸言酸語飛過來，因此自然得學會一定程度的會話術與行為舉止。

「嗯，看見紫条院同學後，我決定要改掉細聲說話的習慣了。」

「咦……因為我的關係？」

「是啊，紫条院同學總是元氣十足地跟我搭話，讓我覺得跟妳聊天真的很舒服。所以我決定跟妳學習，今後也要說話時也要俐落一點。」

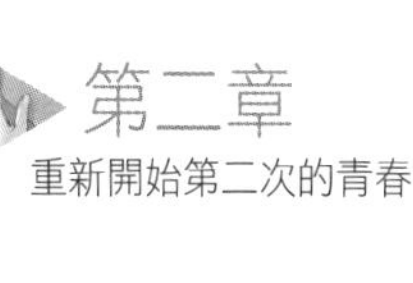

嗯，說起來剛進公司就被最喜歡精神喊話的體育系型上司發飆了好幾次，然後調教成再也沒辦法細聲說話。

「是……是這樣嗎？那個……感覺我好像被稱讚了，真是不好意思。」

聽見我剛才也可能被當成賺取好感度的發言後，紫条院同學只是很不好意思地搔著臉頰。

她除了溫柔又開朗之外——也像個孩子般天真無邪。

因此才會在眾多男生以她為目標的高中生活裡完全無法感受到他們熱切的視線，造成即使擁有如此美貌卻沒有男朋友的結果。

「啊，那是要還給圖書館的書吧？看起來很重，我來拿吧。」

「咦？那怎麼好意思。我這次可是借了十本……」

「沒關係啦，學校馬上就到了。」

這麼說完後，我就迅速拿起她手上裝著書本的棉布袋。

……喂喂！剛才是無意識中動了手跟嘴巴，不過我到底在做什麼啊？

（糟……糟糕！這是在職場養成的習慣！）

職場裡也有幾個大嬸存在……她們也是讓人很火大的一群人，只要遇見拿著東西的她們，就會立刻氣憤地說「既然是男人，不用人家特別說什麼就該主動表示『我來拿吧』！你這個人真的一點都不體貼耶！」。

由於發生過好幾次這樣的事情，我就養成了看見女性拿著沉重的東西就會半反射性向其搭話「看起來很重讓我來拿吧」的習慣。

「謝……謝謝。那個，老實說真的有點借太多了……其實手臂有點痠，真的幫了我一個大忙。」

（太……太好了……沒被當成突然強迫人接受好意的噁心傢伙。）

雖說回憶會經過美化，但紫条院同學那種可愛、開朗與天真無邪的模樣都，跟記憶裡完全相同。

然後這是我第一次跟這樣的她如此有話聊，總覺得非常地開心。

「那個，怎麼說……不只是說話方式，果然感覺跟昨天之前的新濱同學有很大的不同。」

「是……是嗎？」

「是啊，該說是整體上變得更堅強了嗎……感覺更有男子氣概了，真的很棒喔！」

「噗……！」

紫条院春華這個女孩就是能夠以滿臉笑容隨口說出像這種會破壞男孩子理性的台詞。

破……破壞力太恐怖了……！胸口整個被揪緊！

（哈哈，但是……能夠讓她這麼說的話，那個像是白白浪費人生的十二年時光也多少有點幫助嗎……）

「謝……謝謝。說老實話，能聽到妳這麼說真的很開心。不過妳借了很多書呢。有哪一本特別有趣的嗎？」

「有喔！每一本其實都很有意思！首先——」

我就這樣一邊跟紫条院同學閒聊，一邊走在上學的路上。

周圍同校的學生雖然不多，不過其中也有人明顯對又宅又灰暗的我跟美麗且有名的紫条院同學走在一起感到不滿。

但決定這輩子要堅強活下去的我根本不在意這種小事。

上輩子害怕別人目光的我不可能跟紫条院同學一起上學，正是因為有了這樣的決心，現在才能辦到這件事。

我再次下定要對青春復仇的決心，同時感受因為跟原本再也無法見面的心儀女孩對話而溫暖起來的心。

*

（喔喔……是那個時候的教室……）

穿過校門時、在鞋櫃前換上室內鞋時都感觸良多，不過踏入自己過去待了很長一段時間的教室後懷念感就更加強烈。

桌子、椅子、黑板以及這種吵雜的氣氛……沒錯沒錯，這就是教室啊。

「那麼新濱同學，放學之後再一起加油吧。」

「咦……？啊……嗯。好喔。」

紫条院同學在教室門口臨別前這麼說道，我雖然先做出回答，不過其實無法立刻想起是什麼事情。

放學後……？放學後究竟有什麼事……？

對了，是圖書委員的工作！

（沒錯。說起來我這種人之所以能跟紫条院同學接觸，是因為同是圖書委員的緣故。）

然後今天好像就是我們的輪值日。

嗯，這件事我當然會去完成……不過現在還是先思考眼前的事吧。

（那麼我的座位是……哦，這裡嗎？嗚哇，這種看起來就像是木頭製的桌椅真是令人懷念……）

老實說我完全不清楚自己的座位在哪裡，不過幸好掛著熟悉的體育服袋，總算才能分辨出來。

摸索了一下桌子就找出放在裡面的教科書與筆記本，立刻有種挖掘時光膠囊般的有趣與懷

念感。

（嗚哇～嗚哇～！那個時候的筆記本！哈哈，現在看起來，我抄的筆記真是隨便！）

當我暫時沉浸在懷舊的氣氛中時，上課鐘聲就響起，開始了早上的班會時間。明明隔了十二年，卻還是能即時對「起立、敬禮」的指令做出反應，真的覺得從小養成的習慣實在是太恐怖了。

然後班導師的吩咐結束——最後有一名女學生走上講臺。

那是一名戴著眼鏡留著一頭中長髮的少女，容貌雖然可以說十分可愛，但表情卻相當平淡，看不出她到底在想些什麼。

雖然我也沒有資格說別人，不過老實說對她真的沒什麼印象。

（……嗯，我記得名字是叫做……風……風見……什麼的？）

「我是擔任本屆校慶實行委員的風見原。前幾天拜託大家構思的攤位提案到下週截止，有什麼點子的同學請盡速跟我聯絡。還有，每年好像都一定會出現『女子比基尼咖啡廳』或者『在教室辦營火大會』等愚蠢的提案，像這種點子我會全部撕毀。」

眼鏡少女——風見原以不帶感情的聲音做完業務宣導就立刻回到自己的位子上。那種樣子讓人聯想到對任何事物都漠不關心的ＯＬ。

（不過校慶嗎……現在是這種時期啊……）

現在回想起來，我們高中舉行校慶的時期確實是在春天。老實說前世沒有什麼特別的印象，所以也沒有什麼感情。

（嗯，反正還有一段時間，現在最重要的是先習慣久違的高中生活。必須拚命回想起上課內容才行。）

來到應該稱為「今世」的第二輪世界才不過一天的我，因為接下來必須習慣的事情實在太多而應接不暇，只能把這個活動的預告放在腦袋的角落。

話說今天有數學課耶……微積分該怎麼解啊……？

＊

「喂……新濱。」

「咦……？你……不會是銀次……吧？」

這時來到下課時間。

對我搭話的男學生是我高中時期唯一的朋友山平銀次。

雖然跟我同樣是御宅族，不過是短髮而且有著爽朗的容貌，所以乍看之下像是運動社團的成員。據他本人表示「做阿宅打扮的話馬上就會被霸凌吧，這算是我個人的防衛手段」。

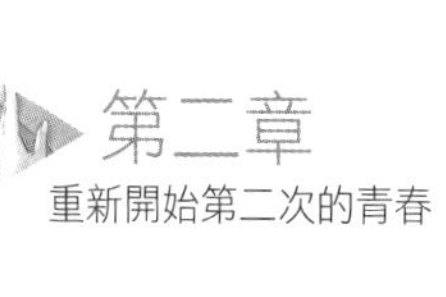

畢業後唯有跟這傢伙喝過幾次酒。

「啥？還說什麼『不會是』。算了，重點是……你到底是怎麼了？」

「什麼叫我怎麼了……？」

「別裝傻！紫条院同學啦紫条院同學！為什麼今天早上會一邊跟你說話一邊來學校啊！」

「這哪有什麼……只是在上學途中遇見了，我看紫条院同學拿著很多圖書館借來的書，所以幫忙她拿到教室。」

「啥……啥啊啊啊啊？講話細聲細語看見可愛女孩子就害羞到無法好好說話的才是你吧！你是什麼時候變得像是少女漫畫內的帥哥，能夠大方地做出這種事情啊？」

哎呀沒有啦，其實也不是刻意這麼做只是社畜時代的習慣……不過以高中時期的我來說確實是難以置信的行動吧。

「應該說……你這傢伙整個人好像都跟平常不一樣了？說話方式相當俐落，全身散發出來的畏縮氣息也消失了……你不會是轉生到異世界經過漫長痛苦的旅程後昨天才回到地球吧？」

太可惜了，不是異世界轉生而是時光旅行。

「嗯，你猜對了銀次。其實我到昨天都還在另一個世界。被殘酷的奴隸勞動組織抓住，每天都受到足以否定人格的痛罵並且從早工作到深夜，在周圍伙伴的精神狀態都出現問題的環境下撐了十二年。」

「哈哈，那真是太可憐了！是黑暗系異世界嗎！」

很抱歉，是黑心系的現實。

仍然純真的你還能當成笑話，不過這絕不是什麼奇幻文學，而是也存在於現在這個時代的惡魔深淵啊，銀次。

啊，不過……好久沒有像這樣跟這個傢伙聊天打屁了。

我現在回到那個時候的感覺又更強烈了。

「哎呀，紫条院同學溫柔又天真無邪所以對於像我們這樣的傢伙也很親切，不過還是別太得意忘形喔。運動社團的主將和帥哥現充之類的都想追那個女孩子，你會被教訓喲。」

哦，現充這個名詞在這個時代就存在了嗎？

「可悲的是像我們這樣的阿宅，在校內的地位都是最低的。稍微顯眼一點被『上面』的傢伙盯上，最糟糕的情況是可能會變成霸凌的目標。」

（校內的地位……也就是所謂的校園階層嗎？確實有過那樣的概念呢。）

現在回想起來，不過是小屁孩集團在爭風吃醋，只有這種不成文規定實在可笑的感想。

不過……長大成人後也會有你是哪個大學畢業、年收入多少等等提問，所以炫耀的行動也不是就此消失……

「嗯，我會小心的。謝謝你的忠告，銀次。」

話雖如此……不論是被誰盯上了，我第二次的青春都不打算再壓抑自己了。

害怕他人的攻擊而一直什麼都不做，結果就是灰色的青春時代，然後是無法放棄當奴隸的社畜時代。

為了這次不再後悔——

我要隨心所欲地行動。

*

然後……我下定決心當天那個傢伙就出現了。

「喂，新濱你這個臭阿宅。看我這邊。」

現在是午休時間。那個傢伙對著在自動販賣機拿出錢包的我搭話。

（這傢伙是……火野！）

我立刻想起這名隨便穿著制服，耳朵戴著耳環，看起來凶惡的男人叫什麼名字。

這傢伙是以軟弱學生為目標，以逼人的態度表示「喂，借我一點錢吧。我們是朋友吧？」，只要露出拒絕的氣息就凶惡地嚷著「啥啊？你這傢伙是瞧不起我嗎！」來恐嚇他人。

我清楚地記得在校內遇見這傢伙時那種緊張到臉色蒼白的感覺，以及胸口被抓住並且遭到怒吼時的恐懼。

當時這個傢伙對我來說是害怕的對象，甚至怕到必須偷偷摸摸地隱藏身形移動來避免碰上他，但是現在——

（一點都不恐怖…………）

從眼前這個低級的耳環男身上感覺不到任何壓迫感，甚至很想問那時抱持的恐懼感究竟是怎麼回事。而且還從高中生就打耳洞的反抗心感受到他的孩子氣，甚至讓我覺得有點想笑。

「遇見你真是太好了。新濱啊，今天也給我這個朋友一點零用錢吧。我剛好忘了帶吃午飯的錢。」

火野咧嘴以極度瞧不起人的表情看著我。嗯，實際上這個時候我對這傢伙來說確實是層級低下的肥羊。但是——現在不一樣了。

「啥？我才不要哩。為什麼我要給你錢啊。」

「什……！」

可能完全沒想到會被我隨口拒絕吧，火野露出驚訝的模樣。

「喂，別開玩笑了……！你這傢伙是能說這種話的立場嗎？太狂妄的話當心我痛扁你一頓喔！」

「吵死了。我沒時間陪你玩不良少年的家家酒。」

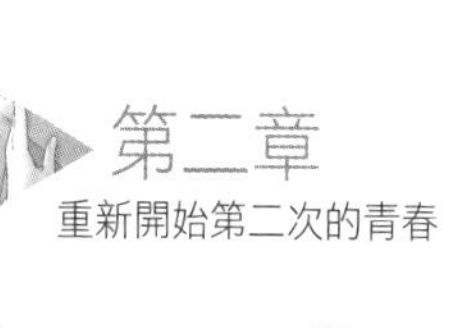

「家……家家酒……？你這傢伙是真的想惹我生氣嗎！」

「本來就是家家酒吧？說起來你這傢伙只是打扮得像個不良少年而已。明明沒有任何勇氣真的揍人而引起問題。」

沒錯，當時雖然不知道，但實際上根本沒聽過火野痛扁或者教訓過什麼人。也不曾反抗過教師，現在冷靜一看就覺得他不是真正在道上混的不良少年。

「勒索金額太大的話會引發問題，所以也只是輪流從幾名軟弱的學生身上捲走一點點錢來刻意不讓事情鬧大對吧？像你這種小家子氣的傢伙，再怎麼叫我也不會害怕啦。」

「什……什……！看……看我幹掉你這傢伙！明明是臭阿宅新濱卻敢瞧不起我！你知道會有什麼下場吧——————！」

或許是被我戳中痛處了吧，火野滿臉通紅地發起飆來。雖然以他擅長的巨大聲音來做出恐嚇，但我已經沒有嫩到會因為這種威脅的發言感到害怕了。

在過去的社畜生活中，上司們對我做出了各種威脅。

「這個工作就交給你吧。否則你的考績……你懂吧？」

「你反抗看看。明天開始你的工作就是在地下倉庫整理不論經過多少年都不會結束的備用品。」

「記得要說根本沒有職場霸凌！不然我也可以要其他傢伙證實你才是職場霸凌的主犯

喔！」

隨便一想就能回想起許多醜惡的事態，不過在公司這個小小世界的掌權者都擁有絕大的力量，我每次都只能把淚水往肚子裡吞。

（跟那些經驗比起來，這傢伙沒有任何可以對我科以罰則的力量，只是個普通的小鬼。不論用再巨大的聲音喊叫也沒什麼好怕的。）

「那你打算怎麼做？要揍就快一點。來啊，怎麼了？引起騷動後人群聚集過來就辦不到了嗎？明明一副壞人的模樣，還害怕被停學或者退學嗎？」

「這……這個臭傢伙……！少瞧不起人了！」

火野對我伸出手。

如果他在挑釁之下出手揍人的話對我來說就再好也不過了，但他的目標是我剛才為了買果汁而拿在手上的錢包。

錢包就這麼被搶走了，裡面放著媽媽給我的三千圓。

「哈！今天就把你整個錢包拿走作為說大話的懲罰！我看看，裡面……嘖！只有三千圓嗎！窮酸阿宅的錢包裡面果然也很窮酸呢！」

只有三千圓。

哈哈哈，只有三千圓嗎？

第二章
重新開始第二次的青春

竟然敢在我面前作出這種乳臭未乾的發言……！

「不過你別以為事情就這麼算了！下次一定會好好地教訓……！」

丟下這段話就準備離開現場的火野結果沒能把話說完。

因為我伸出雙手抓住他的胸口。

「臭傢伙，你做什……」

「閉嘴。」

帶著憤怒與鄙視瞪著火野，只有打扮像不良少年的小氣傢伙似乎沒想到我會以攻擊性的感情面對他，像是被震攝住了一樣瞪大眼睛。

「你想搶走我的錢吧？」

脫口而出的聲音帶著連自己都未曾聽過的冰冷聲響。

「我問你是不是說了只有三千圓還想把它們搶走。」

「哈！是又怎麼——」

「別開玩笑了————！」

以超大聲量這麼大叫後，火野與周圍的學生們都嚇得僵住了。

「你這混蛋，什麼叫只有三千圓……！你知道要多麼辛苦才能賺到這些錢嗎？」

我完全失去理智了。

火野這個傢伙絕對沒有自己賺過錢。

完全不清楚錢的重量與貴重性。

媽媽辛苦工作賺來的錢被這種真正乳臭未乾的小屁孩搶走，讓我內心迸發出連自己都難以相信的怒氣。

「打鍵盤打到手罹患腱鞘炎！有時候得邊被古怪的客人罵邊低頭道歉！只要有一個錯誤就會被罵笨蛋、蠢貨、去死吧！錢就是得歷經如此痛苦的過程才終於能獲得的東西啊！」

不知道辛苦過程的小鬼靠著玩不良少年家家酒就隨便從別人那裡把錢搶走，這已經是足以判刑的犯罪了。早已超過無知所能容許的範圍。

「不論你再怎麼壞，依然是三餐與住處等一切都得靠父母親的半吊子少爺啦！下次再搶走我媽媽賺的錢看看！真的會幹掉你喔……！知道了嗎，喂！」

「啊……嗚……」

「我問你知不知道啊！」

「呃，嗯……」

或許是我對看輕我金錢的笨蛋發出的怒氣奏效了吧，火野以混亂的模樣做出回答。

我放開軟趴趴地一屁股坐到地上的偽不良少年胸口，回收錢包後在自覺受到周圍強烈注視的情況下離開現場。

第三章 放學後與憧憬的少女一起

（糟糕了啊啊啊啊啊！）

下午的課結束，我帶著強烈的後悔走在放學後的走廊上。

抱著頭的原因當然是午休時間跟火野引發的事件。

（有生以來還是第一次那麼火大……連我自己都不知道能叫出那麼大的聲音。）

但我也認為那是沒辦法的事。

出社會後，才知道父親老早就過世的家庭，媽媽要多麼辛苦才能養活我們兄妹。

沒有工作過的小鬼光明正大地想要奪走媽媽給我的辛苦錢。我實在無法吞下這口氣。

（嗯，火野不過是個小角色，實在不認為他會報復……不過我跟不良少年吵架的謠言要是傳出去也很讓人困擾……算了，已經過去的事情想再多也沒有用。）

反正原本就沒有白白讓他搶走錢包的選項了。

（好吧，轉換心情！現在必須集中精神在跟紫条院同學一起進行圖書委員工作的時間上才行！）

如此下定決心的我一打開圖書館的門——

就看到站在窗邊眺望著放學後景色的紫条院同學。

從轉變成傍晚的空中吹過的微風輕拂著少女長長的黑髮。

姣好的容貌、閃耀的頭髮與寧靜的站姿——都只能用美麗來形容。

（記憶中的景色……真的回來了。）

我像寶石般的回憶——跟紫条院同學有了首次接觸的地點也是這個放學後的圖書館。我又再次站立在原本應該永遠無法回去的美麗記憶之中。

「啊，新濱同學！辛苦了！」

「嗯，紫条院同學辛苦了。抱歉，等很久了嗎？」

「沒有，我也剛來而已！」

這簡直就像約會碰面時常見的對話，讓我有了些許的幸福感。

哎，雖然上輩子連一次約會的經驗都沒有就結束了……

「好，那我們馬上開始吧！嗯……先整理書籍嗎？」

「是的，熱騰騰的新書剛剛寄到，把它們上架吧！」

工作就隨著紫条院同學幹勁十足的聲音開始了。

前世的我雖然沒有光明正大跟美少女聊天的勇氣，但現在已經入手跟當時完全無法比較的

強韌精神力，所以能自然地跟同為圖書委員的搭檔交談。這件事讓我非常開心。

*

「又有許多過了期限仍然沒有還書的人……」

「這傢伙跟這傢伙嗎……都是一些累犯。」

進行作業中逐漸回想起來，圖書委員必須將新書上架、整理書庫以及完成日誌，工作算相當多。

然後現在著手的是處理借書沒有在期限內歸還的傢伙。

「怎麼辦呢……都是些至今為止通知過好幾次已經逾期卻還是不還書的人。」

「完全不把我們當一回事……好，乾脆像尋找迷失兒童那樣，在中午的廣播時間宣布本名然後說『請還書！』好了。」

「咦……咦咦？那都是一些不太好處理的人喔！這麼做的話他們會非常生氣吧？」

「姑且會先做出『本週內不歸還借書將在校內廣播公布名字』的警告啦。這樣還持續無視歸還期限的話……就真的公布。」

職場的客戶也有一些隨便就違背指定的交貨日期與約定的傢伙。

像這種傢伙通常都瞧不起我方，即使我說「請確實遵守約定！」，通常不是遭到無視就是含糊地把事情帶過。

但放著不管的話，我就會因為工作速度延遲而挨上司的罵。

因此我不只會寄電子郵件給違約的社員，也會寄出「與貴公司社員約好的這件事已經過期了，請問該如何是好？」的郵件給他的上司與相關的人。

結果效果相當好，那個傢伙就急忙提出約定好的書面資料。

因為瞧不起我方的那名摸魚社員，要是在自己的職場內被傳出「這傢伙無法守約」的謠言，也會受到嚴重的傷害。

「嗯，如果真的變成那樣，宣布名字的廣播就交由我來負責。引起麻煩的話我也會去跟他們說清楚。也有很多等待人氣新書的學生，所以實在沒辦法不管獨占新書不歸還的行為。」

「…………」

咦，紫条院同學沉默下來了……？

糟……糟糕！忍不住以社畜思考做出這樣的提案，對高中生來說手段太過激烈而嚇到對方了嗎？

「……真的不像新濱同學。想法與發言都那麼強而有力……」

「是……是嗎……」

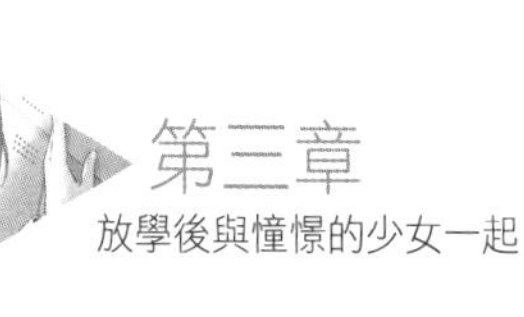

第三章
放學後與憧憬的少女一起

看來不是嚇到而是因為我宛如另一個人般的變化讓她感到驚訝，不過也難怪她會這樣。因為跟當時比起來，我的內在已經虛長了十四年的時光。

「是啊，不過……我覺得這也是新濱同學。」

「咦……？」

當我不知道她這麼說的意思而眨著眼睛時，紫条院同學就微笑著對我說：

「新濱同學從以前就對每個因為借不到新書而失望的學生感到很抱歉。」

從她口中說出的，是陰暗且寡言的高中生時期的我。

「其他像是在整理書與卡片時會貼心地讓下一個人容易拿取、努力把被弄髒的書擦乾淨……保留這些溫柔之處而變得更成熟的感覺真的很棒喔。」

「……紫条院同學……」

因為這完全超乎想像的發言感到驚訝的同時，胸口也湧起一陣熱流。

竟然如此注意高中時期仍是陰沉角的我嗎……

「話說回來，光是改變說話方式就成熟到像是變成另一個人一樣，真是讓人吃驚！這下連我都想嘗試看看了……！」

「咦？等等，紫条院同學已經很開朗了吧？」

無邪的少女一臉認真的表情訴說著想改變形象，但是她到底想改變什麼呢。

「那個，其實我總是被爸媽當成小孩子……爸爸他甚至有點保護過頭了，所以我想學會大人的氛圍！」

握緊雙手這麼說道的紫条院同學讓我露出些許苦笑。

她對於大人的憧憬還包含了一板一眼的向上心，讓人忍不住露出了微笑。

不過對於已經歷盡變成大人是怎麼回事的我來說，卻只想讓這還能當小孩子的最後一段日子變得久一點。

「唔……新濱同學，你的表情好像在看裝成熟的小孩子耶？」

「哈哈哈，沒有啦，沒這回事。」

看見紫条院同學可愛地鼓起臉頰後，我便笑著把事情帶過。像這種時候能用表情來粉飾情況，其實算是大人的強項兼狡猾之處。

然後——回憶的延續就像這樣持續下去。

紫条院同學真的很認真地完成自己的工作，再加上我這個只要一有工作就會拚到極限的社畜，自然就會完成超出自己範圍的業務。

雖然過勞死後體感時間才經過一天，但我甚至從這份跟黑心職場完全不同的工作上感到喜悅，然後時間一眨眼就過去了。

*

「呼，時間過得真快……」

圖書委員的工作結束後把鑰匙還回教職員室，我就獨自一人走在逐漸染上晚霞淡淡橘色的走廊上。由於紫条院同學說過「辛苦了！明天見！」後就先回去了，現在應該離開校舍了吧。

「第二次的青春……第二次的高中生活嗎……」

從早上到現在發生許多事情，可以說是驚滔駭浪的一天，現在像這樣自己一人冷靜下來後，就真實地感受到走在畢業紀念冊照片裡一般的奇蹟。

（不過……紫条院同學真的是很棒的女生。感覺跟她越聊就越開心耶。）

雖然今天是首次能跟她好好地聊天，不過她那種純真的笑容實在太過耀眼。那美麗外表與孩子般純真個性形成的反差真是太犯規了。

心裡想著「希望能夠就這樣跟她再熟稔一點」。

如果她能把我當成朋友，那就沒有比這個更讓人開心的事了。

「咦……？」

突然對自己的思考產生難以言喻的不對勁感覺。

像是某種誤差，又像是某種嚴重錯誤般的——

但是卻搞不清楚究竟是哪裡奇怪，於是對自己感到困惑。

發生什麼事了？我到底是怎麼……

「……不是說了嗎！妳有在聽嗎？」

（？怎……怎麼了？從那邊的走廊傳來女生的聲音……）

突然傳來的怒吼聲中斷了我的思緒。

（有人正被痛罵……等等，是紫条院同學！）

從聽見聲音的走廊轉角探出身子一看之下，發現紫条院同學被三個女孩子圍住，臉上露出困惑的表情。

「那……那個……抱歉，我聽不懂妳在說什麼……」

「哈！怎麼可能不懂！明明那麼得意忘形！」

（那些傢伙……是辣妹花山跟她的手下們嗎！總是在炫耀讓男生上貢多少禮物的一群婊子！）

花山雖然是其他班的學生，不過是印象深刻而讓我記住名字的其中一人，算是以男友與金錢為中心思想的典型婊子系辣妹。

（那些傢伙最討厭比自己可愛又受男生歡迎的女孩子了……擅自敵視紫条院同學然後來找碴嗎？）

第三章

放學後與憧憬的少女一起

大概是在教室裡閒聊時紫条院同學剛好經過，就趁著四下無人一擁而上要教訓她吧。

「那……那個，真的很抱歉。我到底是哪裡得意忘形呢……」

「就是這樣得意忘形啦！哈！裝出可愛的樣子每天討男生歡心！真的很讓人火大！」

「對啊對啊！美智子說得一點都沒錯！真的很得意忘形！」

話說回來，「得意忘形」真的是很適合在找碴時使用的一句話耶。

明明只是自己看不順眼，卻好像是對方的行為有什麼問題一般的找麻煩專門用語。

「明天開始別再諂媚了。頭髮也要按照國中校規那樣剪醜一點，然後也不准化妝。大小姐就是要過遠離男生的生活！」

「咦？我本來就沒有化妝……」

「～～～～嗚！這傢伙……！」

臉上塗了厚厚一層妝的花山或許是因為這句素顏發言感到不悅吧，她隨即把手朝著紫条院同學的胸口伸去準備把她抓起來。

「喂，快住手。」

但看不下去直接衝到現場的我出聲制止，為了阻止暴力而站到紫条院同學面前。

「新濱同學……！」

「啥啊？還以為是誰呢原來是跟這女的同班的陰暗阿宅？別在這裡礙事快滾一邊去！」

校園階層位居上位的花山，一看到我就丟出「下層」的傢伙別來搗亂般的發言。

（不論幾歲都無法接受這樣的女性……）

我看過不少對自己的長相有自信就把工作推給男性，或者奉承上司來換取特別待遇的女性社員。

然後這種傢伙因為活在「因為我很可愛所以最特別！」的理論之下，所以不允許比自己可愛的女性存在，馬上就會開始霸凌。

（嗚哇……即使有大人的精神力，這種對手還是會讓人胃痛……即使講道理駁倒她，馬上就會把自己塑造成悲劇的女主角來開始說對方的壞話。）

「妳剛才想抓住紫条院同學吧？別幹這種事。」

「不關你的事快滾啦。怎麼？看太多漫畫以為保護這個女的她就會跟你交往嗎？噗哈～有夠噁心！」

真是個下流的女人。

算了，這種時候的對應方法就只有一種。而且我是未來人，打從一開始就有這張王牌。

「對了花山同學，妳去了最近的車站北邊的鬧區嗎？尤其是我經常看到妳在五丁目的旅館前面附近跟上班族說話喔。」

「……嗚！」

花山的臉色隨著衝擊迅速變成一片蒼白。

也難怪啦。妳這傢伙平常就在那裡假裝找大叔援助交際，錄下對話並且拍照然後拿來威脅人家付遮羞費。

這當然是很糟糕的行為。被發現的話可能立刻就會遭到退學。

「你這傢伙……！為什你會……！」

「剛好有機會知道花山同學賺零用錢的方法。」

機會當然指的是未來發生的事情。

這傢伙高三的時候仙人跳一事被發現而遭到退學，還上了新聞。

那個時候也在學校引發一陣騷動，所以我還記得詳細情形。

「我是不打算張揚啦，但妳要是繼續找紫条院同學的碴，我的口風可能會變鬆喔？」

「嘖……！你這傢伙絕對不准告密喔！告密的話我就叫男友幹掉你！」

丟下這句話後，花山就轉身迅速離開了。

「咦，等等，美智子妳是怎麼了？」

「啊啊可惡，別管那些傢伙了啦！」

聽見花山丟出這麼一句話，不清楚內情的手下們只能露出疑惑的表情，並且從後面追了過去。

（哎呀……反正就算我不說，一年後也確定會被發現然後遭到退學啦！）

知道那樣的未來來臨時，花山會像被判死刑一樣絕望的我，臉上帶著燦爛的笑容目送目前什麼都不知道的仙人跳女離開。

＊

（呼～真累人……像那種傢伙呢，明明有許多問題行動卻又喜歡在眾人面前保有面子，所以只要掌握醜聞就可以輕鬆擊退。）

有一陣子辣妹系同事老是把工作推到我身上，然後我只要抱怨，就會嚷著「新濱把工作丟給我！」「被性騷擾了！」，在極度困擾之後也是靠這種方法解決。

那傢伙說什麼「媽媽生病了所以想請假照顧她！」，結果我在ＳＮＳ上發現她根本是跑去度假，當我暗示這件事情後那個傢伙便冷汗直流，之後就再也沒有干涉過我了。

「那……那個……謝謝你，新濱同學。」

在旁邊看著事情經過的紫条院同學畏畏縮縮地對我道謝。

「噢，這沒什麼大不了的啦。在幾乎沒人的校舍聽見巨大的女孩子聲音，嚇了一跳的我就跑來看一下……能夠順利解決真是太好了。」

「抱歉給你添麻煩了……不過真的救了我一命……」

紫条院同學的臉色看起來很差。

也難怪她會這樣。被那種完全不講道理的傢伙纏上，心情一定糟到極點吧。

「……紫条院同學，妳在等來接妳的車嗎？」

「咦？沒有啦，爸爸雖然一直表示要派車來接我，但我想跟大家一樣上下學，所以平常也都是走路。」

「這樣啊。那麼，那個，嗯……已經很晚了，我……我送妳回家吧。」

雖然裝出若無其事的樣子，但其實我已經緊張到全身是汗了。

現在的我託曾經經歷過社畜時代的福，跟前世還是高中生時比起來已經具備極為強大的精神力……但很遺憾的依然是個處男。

因此要對女孩子——而且是憧憬的紫条院同學說出「我送妳吧」這種漫畫或連續劇主角般的台詞，就必須擠出全身的精神力與勇氣。

不過我是真的想這麼做。

身為擅自將她當成青春寶石的男人，實在無法容許臉色明顯蒼白的紫条院同學在這麼晚的時間獨自走路回家。

「咦，真的可以嗎？不會給你添麻煩的話我當然很樂意！」

要是她害怕地表示我才不要跟你一起走路回家……紫条院同學花朵盛開般的笑容幫忙掃除了這樣的恐懼。

我當然很開心能有這樣的結果……不過到昨天為止都還是陰沉角的男生說要送自己回家，竟然還能露出這樣的笑容。實在有點太天真了，真讓人有點擔心……

嗯，總而言之──就這樣，我跟紫条院同學的放學事件開始了。

＊

「《犀利魔導士》真的是棒到不行！第一部最後面下定決心表示『即使用這個世界做交換，也要守護那個傢伙！』然後詠唱闇破斬的場景讓我感動到痛哭流涕……！」

「那裡真的很感人！然後原本以為要結束的時候又來個大翻轉的結尾！真的是棒到沒話說……！」

「對對對！就是這樣！」

跟女孩子一起走在路上。

社畜時代的我在出差或者公司聚會時也曾遇見過這種狀況。

但是沒有跟異性說話技能的我，馬上會因為不知所云的彆腳溝通技術而留下惡劣的印象，不要說增進感情了，甚至會被認為「既不有趣也不可靠」然後對之後工作上的合作造成阻礙。

於是這時候我想到一個密技。

我在盡情談論遊戲或者輕小說等自己的興趣時會感到很開心。

如果是這樣，那也讓女生這麼做不就好了？這就是我的計策。

（看來是中大獎了……不論是女性還是上司，只要讓他們盡情談論養的寵物或者支持的棒球隊等喜歡的事物心情大多都會變好。我只要在旁邊附和，也不需要什麼高超的話術。）

「然後呢，那個時候主角……！」

實際上紫条院同學看起來非常開心。

簡直就像早就渴求有人能談論自己喜愛的輕小說場面一般，打開話匣子滔滔不絕地說著。

我是不清楚她的朋友圈……不過身邊應該沒有能夠談論輕小說的次文化系女孩吧？

「太好了。看來妳打起精神了。」

「啊，是的，一直在談論自己喜歡的事情，心情似乎就變好了。」

那真是太好了。像那種霸凌集團就像是不懂人心的災難，還是趕緊忘掉，做自己喜歡的事情來療癒心靈才是上策。沒辦法辦到的話，就會像跟我同期進公司的同事一樣罹患精神疾病。

「那個，剛才真的幫了我一個大忙……其實已經不是第一次遇見這種事了，但實在無法習慣……」

「咦……已經遇過好幾次那種事了嗎？」

「嗯，從小學一年級開始就經常……這麼對我說的一定是女孩子，而且都一定會說什麼『得意忘形』、『很礙眼』之類的話……」

妳說小學一年級……六歲左右就有能說出那種話的傢伙嗎……

女生真是恐怖……

「老實說我不清楚她們到底要我做什麼……但可以知道她們非常討厭我……真的很恐怖。新濱同學能夠過來真的太好了……」

紫条院同學以訴說著不安的小狗般表情往上看著我的臉。我又再次因為這種殺死處男的動作而差點昏過去，不過還是硬撐了下來。

（不過……原來如此，無法理解被纏上的理由嗎？紫条院同學看起來就沒有強烈嫉妒過別人的經驗……）

「這個嘛……為了今後著想，紫条院同學還是先知道像花山那樣的傢伙來找妳碴的原因比較好。」

「咦？新濱同學知道嗎？那麼請務必告訴我！我有什麼不對的地方一定會改過來！」

紫条院同學以滿懷期待的眼神這麼說。

第三章
放學後與憧憬的少女一起

「我知道。原因就是——紫条院同學人美又溫柔。」

「咦……？」

「也就是嫉妒喔。因為她們不像紫条院同學那麼可愛與溫柔，所以羨慕到快瘋掉。」

「咦，等等，你在說什麼啊！我才沒有……！」

「不，不論誰來看都是美人。我認為至少這一點妳應該要有所自覺才行。」

我判斷這一點要是拐彎抹角就沒有意義了，所以直接點出事實。

要她有所自覺，就是為了不讓個性認真的紫条院同學胡思亂想。要是繼續搞不懂被找碴的原因，她可能會痛苦地想著「是不是自己有什麼缺點？」。

「所以紫条院同學沒有錯。聽好了，跟我重複一遍。『我沒有錯』。」

「我……『我沒有錯』……？咦，不過是真的嗎？說不定有什麼其他的要因讓人感到不愉快……」

「不行，不能有這種想法。再開口說十次『我沒有錯』。」

「咦咦？真……真的要說嗎？」

紫条院同學雖然感到困惑，但果然還是受到老實的個性影響吧，只見她開始連續說起了「我沒有錯」。

不過這真的是絕對必須做的事情。

剛才我之所以加強語氣，也是因為死命想要改變紫条院同學自我否定型的思考。

（會被黑心企業搞垮的都是認真且溫柔的人。被強加不合理的工作或者遭到周圍的人怪罪，都只會想「是我不好」然後不斷累積壓力……最後就被壓垮了。）

未來紫条院同學會自我毀滅應該也是這個原因。

正因為無法理解霸凌的動機只是單純的嫉妒，過於鑽牛角尖的她才會崩壞。由於只不過是醜陋的無賴行為，才無法逃走或者求助。

為了不讓這樣的未來出現，這樣的思考改造是必須事項。

「『我沒有錯』、『我沒有錯』……這樣可以了嗎？」

「嗯，今後要是被花山那樣的傢伙纏住也要記得『我沒有錯』。說起來呢，那些傢伙實在無法表明『因為妳比我漂亮所以看不順眼』，才會使用『得意忘形』這種方便的說法喔。」

「是這樣……嗎？」

「正是如此。面對因為嫉妒或者當時心情不好就來找碴的傢伙時，受害者這邊改過自新什麼的根本沒有意義，所以懂得無視這種人是很重要的……怎麼了？」

紫条院同學不知道為什麼以不可思議的表情凝視著我的臉。

「沒有啦，因為新濱同學的表情很嚴肅……雖然很感激，不過你為什麼會這麼擔心我呢……」

「當然擔心啦。因為我不希望紫条院同學為此煩惱。」

「咦……」

這時我想起紫条院同學未來會自己結束生命這件事，於是就熱血地想著「哪能讓這種事情再次發生」，並且決定一定要把毀滅之芽摘掉。

所以才會對自己發言令人害羞的程度感到麻痺——也沒注意到紫条院同學瞪大眼睛屏住呼吸的模樣。

「那……那個……新濱同學……」

「嗯？」

「你剛才說是因為我長得漂亮才會受到他人嫉妒……那個，你不是在安慰我，而是真的這麼認為嗎……？」

「嗯，當然了。我一開始看見紫条院同學時也因為實在太漂亮而嚇了一大跳。」

「～～～～嗚！」

興奮的腦袋直截了當地說出內心的感想，這就是我最真實的心情。

然後聽見我這麼說的紫条院同學不知道為什麼很害羞般紅了臉頰，接著默默地低下頭。

事後回想起來，以一臉嚴肅的表情說著「實在太漂亮而嚇了一大跳」這種話，就算對方不是紫条院同學也絕對會感到很害羞，不過這個時候我只是歪著頭感到很不可思議。

＊

（雖是理所當然，不過紫条院家真是大啊……）

把紫条院同學送到郊外某間房子前面的我，面對像是漫畫裡才會出現的附庭院豪宅，隨即深刻地體驗到所謂的貧富差距。

嗚哇……庭院裡有噴水池、銅像和百花齊放的花圃……每一個維持的費用看起來都不便宜……

「新濱同學。今天真的很謝謝你。結果還讓你送我回家……唔唔，現在回想起來，今天一整天都靠你幫忙呢……」

「別這麼說，真的沒有什麼大不了的。只是一邊閒聊一邊跟妳走回家而已。」

紫条院同學雖然深深低下頭，不過我做的只不過是把不良少女趕跑並且送她回家而已。而兩者都是我自己主動想做的事。

「不，我真的很感謝。原本……應該是帶著沮喪的心情一個人踩著沉重腳步回家，但現在卻相當有精神。」

把手放在胸前這麼說道的紫雲院同學露出滿臉笑容，看見這種模樣後我終於也笑了出來。

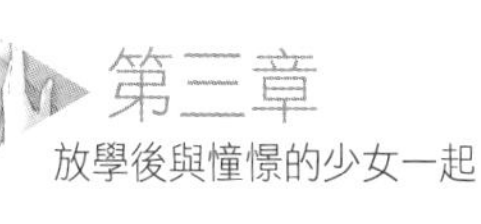

是啊，沒錯。像精靈般清純、天真爛漫又有一顆溫柔之心的少女，果然還是適合這種表情。

然後——正因為是這樣的她，才會出現試圖要打擊她的傢伙吧。

像是今天來找碴的花山，絕對不認為自己有什麼錯吧。

動機單純是嫉妒，卻只靠「得意忘形」、「狡猾」、「火大」來正當化自己行動的傢伙真的令人退避三舍。

「……那個，如果不嫌棄的話……」

嘴巴搶在腦袋之前開口表示：

「如果像今天這樣發生什麼難過的事情，只要妳願意都可以跟我訴苦。聽人吐苦水只是件小事，有什麼可以幫忙的地方我都可以出力。」

「咦……」

之所以這麼搭話並非想要耍帥，只是像在關心同樣快被黑心企業壓垮的同事。但在這種狀況下這麼說就會變成有些做作的發言，立刻注意到這一點的我不禁紅了臉頰。

（不……不行。因為太擔心而忍不住多嘴了……！明明今天才第一次跟紫条院同學好好說話，這樣距離感一下就拉得太近了吧！）

不過這確實是我的真心話。我想盡可能助紫条院同學一臂之力。

「那……那麼！我就先回去了！再見，紫条院同學！」

當我為了隱藏羞澀而快步準備離開時——

「那個，新濱同學！」

就從背後傳來紫条院小姐的聲音。

「那個，嗯……雖然說過好幾次了，不過真的很謝謝你！明天見！」

「嗯……嗯！明天見！」

紫条院同學大聲對逐漸遠去的我這麼宣告，我也用過去無法發出的，帶著力量的聲音回答她。

就這樣兩人一起放學的時間結束，我朝著自己的家走去。

＊

（怎麼說呢……好緊湊的一天啊……）

走在完全籠罩在黑暗中的路上，我在內心這麼呢喃著。

明明是時間旅行來到這裡的第一天，感覺從早到晚充滿了麻煩與事件。

上輩子還是陰沉角時的高中時期，明明只能過著極度平淡的日子……

（等等……不對喔。現在雖然是那時候的重來，但環境並沒有改變。改變的只有我的內在。）

精神力、經驗、記憶——明明只有這些眼睛看不見的部分獲得更新，學校生活卻有了如此的變化，老實說連我自己都嚇了一大跳。

然後真要說有什麼顯著的不同，大概就是跟憧憬的少女說了很多話吧。

（沒想到第一天就有這麼多接觸的機會……）

今天一整天紫条院同學展露出的許多表情閃過我的腦海。

印象最深刻的果然還是笑容。

為了未來不失去那種萬里無雲般晴朗的笑容，今後我也要盡可能完成自己能辦到的事。

（至於具體的方法嘛……果然還是像剛才那樣，一點一點給她該如何面對不合理情況的建議。）

這麼做雖然了無新意，不過是正攻法且可以期待效果的點子。

不需要具備可以抵抗一切不合理狀況的精神力。只要能防止鑽牛角尖到想自殺的狀況就可以了。

（為了達到這個目的，我必須要處於能夠輕鬆跟紫条院同學交談的地位才行……）

今天我跟紫条院同學談笑了好幾次。別人看見那種模樣可能會誤以為我們兩個很熟了……

但很遺憾的是並非如此。

紫条院同學真的很天真無邪，完全沒有察覺到自己對男孩子來說是極具魅力的異性。本人沒有想太多就會開口跟人搭話，但那不是對對方有什麼特別的感情，只是因為跟小孩子一樣沒有意識到男女有別。

（但至少因為今天的事情變熟了一點，只要不給她添麻煩，今後也要努力待在那個女孩的身邊……！雖然男生們會很吵但是誰理他們啊。）

如此下定決心的瞬間──胸口深處就有一股滾燙的熱氣湧上來。

（嗯……？）

火燃燒起來後擴散到全體，讓我整個人逐漸感到興奮。

（咦，奇怪……？我……我為什麼會如此亢奮呢？）

無法理解自己心情的我感到有些困惑。

不可思議的是，此時感覺情緒相當不穩定，胸口充滿了熱氣。

嗯，能夠親近永遠是我偶像的紫条院同學，產生悸動本是理所當然，但這實在太誇張了。

然後當自己因為這個現象而感到納悶時──腦袋裡就又發現某個事實。

在那間辦公室面臨了人生最後一刻。

那個時候浮現在腦袋裡的「致命的失敗」這種不清楚具體內容為何的想法，到現在仍令人在意。

（為什麼現在會浮現這個念頭……應該說，結果那到底是什麼？我錯漏了什麼嗎？）

雖然回想起那是連自己都感到傻眼的事情，因為自覺到這一點，讓臨死前的我在內心產生最大等級的懊悔，但之後的事情就想不起來了。

在人生的最後，我到底為什麼會那麼後悔呢？

（啊啊，真是的，這種鬱悶的心情是怎麼回事……哎呀，到家門口了嗎？）

一邊煩惱自己的事情一邊走在夜路上……不知不覺間就回到自己家了。

雖然花了不少時間，但跟三十歲的肉體比起來，目前仍是具備體力而且健康的高中生身體，所以沒有什麼疲勞感，甚至不覺得走了很長一段距離。

（啊，是我的家……不是「老家」而是稱呼為「我家」的那個時候……）

今天早上才剛剛時間旅行來到這裡，根本沒有時間好好地觀看，但光是眺望這間人生度過一半以上時光的獨棟房屋，胸口就湧起一股情緒。

對於只把獨居公寓當成「睡覺房間」的我來說，能夠由衷稱為「我的家」的就只有這間房子。

「我回來了……」

說完這句隔了非常久才能說的話後進入玄關，走在上輩子隨著新濱家崩壞已經拆掉的老家裡。不論是門鎖些微的摩擦聲，還是小時候在牆上弄出的損傷，甚至緊踏木頭地板的感觸都讓我覺得懷念。

（真的是我們一家人一起生活過的那個家……）

帶著胸口整個揪緊的心情走在走廊上——突然注意到客廳的燈還亮著。咦？還在上班的媽媽應該還沒回家才對……！

「妳……妳是……香奈子……嗎……？」

我的視線前方有一名穿著國中制服，綁著馬尾的嬌小女孩子。

新濱香奈子。小我兩歲的妹妹。在我十六歲的「現在」應該是十四歲。

她擁有即使身為哥哥的我來看也相當可愛的容貌，聽說在學校相當受到男孩子歡迎。而且從以前就相當活潑的她身邊有許多朋友，是跟我完全相反的開朗角色。

「……老哥你現在才回來嗎？」

跟媽媽說話時相當爽朗的香奈子，面對我的表情與發言都很冷淡。

以前經常玩在一起，兄妹的感情算是不錯……但不知道從什麼開始我們的關係就變成這樣了。

雖然還沒到無視對方存在的地步，但是對話隨著年齡逐漸變少，再也沒有熱烈地玩著對戰遊戲、一起看著電視歡笑的情形出現了。偶爾開口也像是聯絡公事般傳達家庭內的事務。

第三章
放學後與憧憬的少女一起

然後上輩子——這樣的關係不要說改善了，甚至因為決定性的龜裂而崩壞。媽媽的葬禮之後，我們兄妹幾乎就變得跟陌生人一樣。

「啊，嗯……妳也很晚回來嗎？我回來了，香奈子。」

「……？歡迎回來……」

香奈子明顯對我的反應感到疑惑。嗯，這也是應該啦。這時候的我因為害怕讓妹妹更加討厭，所以在家裡面遇見也什麼都不說就擦身而過。

「嗯？妳不會是用那碗泡麵當晚餐吧？」

「……啥？看就知道了吧。今天是媽媽比較晚回家的日子，這也沒辦法啊。」

手拿著從廚房櫃子裡取出的杯麵，香奈子冷冷地這麼說道。

對喔，的確是這樣。媽媽是即使忙碌也會積極做飯給我們吃的人，但因為工作而沒辦法開伙時，我們兄妹就經常倚賴泡麵。

「妳不太喜歡吃那種泡麵吧？妳等等，我煮點吃的給妳。」

「咦……？你……你在說什麼啊……？」

香奈子像是完全無法理解我說的話般眨著眼睛。

（哎，也是啦。高中時期的我從沒在家裡煮過任何東西。）

不理會混亂的妹妹，我開始檢查食材。媽媽可能是下班才準備買食材回來吧，沒有什麼特別的東西……嗯，不過應該沒問題啦。

決定菜色後，穿上圍裙的我就立刻開始調理。

以微波爐加熱冷凍的白飯，然後趁這段時間在砧板上切起雞肉與洋蔥。

啊，對了。既然要做就連媽媽的份也先預備好吧。

「等等，咦……咦……？」

香奈子以不知道發生什麼事情般的表情看著流暢動著菜刀的我。我對她的視線露出苦笑，然後繼續著調理工作。

為了縮短時間而把洋蔥丁用微波爐加熱，然後開始炒雞肉。

把解凍的白飯放在平底鍋上跟番茄醬與其他調味料混合，然後投入其他食材。接著把完成的番茄炒飯先放到盤子上，繼續打蛋並且加入奶油——

經過了二十分鐘左右，蛋包飯就完成了。

很可惜的是我的技術沒有高超到能用蛋裹住炒飯。因此是把蛋放到炒飯上的類型，不過半熟蛋應該煎得恰到好處才對。

「來，做好了。別一直僵在那裡，快點嚐嚐看吧。」

我把兩人份的蛋炒飯放到飯廳的桌上，然後用手招呼對看見我做菜後說不出半句話，仍然渾身僵硬的妹妹。

雖然仍處於茫然狀態，但香奈子可能是被發出奶油香的濃稠煎蛋香氣給吸引了吧，只見她搖搖晃晃地坐到位子上。

然後國中生的妹妹就凝視著蛋包飯並且拿起湯匙——

「……嗚！」

吃下一口的瞬間，就像受到某種衝擊般瞪大了眼睛。

我也嚐了嚐味道，幸好跟想像得一樣美味，這才讓我鬆了一口氣。這道菜是我開始獨居生活時的拿手菜，不過已經很久沒做了，所以有點擔心。

「太好了。看來很合妳的胃口。」

我一這麼搭話，已經把將近一半的蛋包飯扒進肚子裡的香奈子就像突然回過神來一樣停下湯匙。然後很害羞般紅著臉頰，以尷尬的表情凝視著我。

「那個……至今為止都沒能像個哥哥一樣照顧妳，真的很抱歉。」

「咦…………」

我帶著各種情緒的發言讓香奈子露出摻雜著衝擊與困惑的極複雜表情。

嗯，也是啦。我突然說出這種話，難怪她會露出那種模樣。

不過呢，香奈子。我接下來不只在學校，在家裡也打算取回自己的人生。所以也不打算丟下妳不管。

「雖說算不上是贖罪……不過今後我會試著代替媽媽做菜給妳吃。啊，有什麼想吃的要提前告訴我喔！」

「……咦咦……？」

我露出燦爛的笑容並且如此宣告，看起來完全不像香奈子所知道的陰沉角阿宅哥哥。

看見我這種模樣的香奈子，無法理解的指針似乎完全破錶，以一副完全不知該如何反應的樣子，在整個人僵住的情況下感到極度困惑。

幕間休息
紫条院春華的呢喃

「呼……」

我——紫条院春華重重地坐在自己房間的床上。

（今天一直被新濱同學嚇到……）

他從以前就很為圖書館的使用者著想，我詢問輕小說的事情就親切地告訴我，我早就知道他是個很好的人。

跟我交談的時候話總是很少，原本認為他是個寡言的人，但今天的新濱同學又開朗又堅強——簡直像另一個人般的變化讓我大吃一驚。

（真的幫了我很多忙……）

被花山同學她們圍住的時候，因為過去曾體驗過好幾次的恐懼再次襲來而發抖。

從以前就喜歡找我麻煩的女孩子們，總是以非常厭惡的眼神看著我。

正因為不知道理由，所以總是很害怕。

所以新濱同學插身而入來救我時真的感到很開心。

（而且……）

像那樣被找麻煩的日子，我經常都會煩惱「我對她們做了些什麼呢」，然後就陷入吞了鉛塊般沉重鬱悶的情緒中。

（但是今天卻相反……心情十分輕鬆……）

新濱同學提出了開心的話題來炒熱氣氛，還斷言我不必認為是自己不對，一直很貼心地讓我不要陷入陰鬱的情緒當中。

像這樣認真替我著想的溫柔真的讓我很感動。

新濱同學雖然一口氣變得相當成熟，但是溫柔的態度還是跟昨天一樣完全沒變。

原本我現在應該是抱緊枕頭承受著內心的痛楚，之所以能像這宛如長了翅膀般輕鬆，完全是託他的福。

「謝謝你……新濱同學。」

靜靜把手放在痛苦消失後的胸口，由衷地說出自己的感謝。

第四章

校園階層等級上升中

（已經兩個星期了嗎……時間過得真快。）

目前是午休時間。在一片喧囂聲的教室中，我在內心這麼呢喃著。

這輩子最初的夜晚，我一直很害怕自己睡著。因為心想到了早上，是不是就會從這個不合理的過去世界夢境裡醒過來。

但是隔天醒過來後，這場夢仍然沒有結束。

然後我就像過去一樣過著往返於學校與家裡的日子——很快就過了兩週。

「啊，新濱同學！昨天實名呼叫尚未還書者的廣播辛苦你了！」

紫条院同學理所當然般向我搭話，讓我的心跳有點加快。

雖說開始了第二次的高中生活，不過要是提到跟第一次時最大的不同——果然就是像這樣跟紫条院同學接觸的機會增加了。

「嗯，也要謝謝紫条院同學幫忙。看見事前警告時認為『怎麼可能真的實名廣播』而沒當一回事的傢伙急忙來還書，老實說真是很有趣的光景。」

第四章
校園階層等級上升中

「啊哈哈，真的是效果絕佳！」

我一這麼回答，紫条院同學就露出愉快的笑容。

那個一起回家的夜晚——跟紫条院同學變熟了一點，下定決心要盡量減少毀滅性未來的因子後，我就慢慢可以跟她說話了。

當然如果造成紫条院同學的困擾我就會識相地閉嘴，但不知道為什麼，她不只總是帶著笑容回應我，甚至很多時候都是她先主動跟我搭話。

（原本認為自己還是「一起擔任圖書委員的人」……不過看來之前一起回家後，多少升級為「好人」了嗎……？）

嗯，不論如何這對我來說都是非常開心的一件事。

像這樣看著憧憬的少女不斷變換的表情，就有種草木受到和煦陽光照射般慢慢得到療癒的感覺。

（嗯，男生的視線正如預料中嚴厲就是了……）

我們班上有許多算是比較溫和的傢伙，不過還是有幾個人對我發出「你這傢伙為什麼像跟紫条院同學很熟一樣！」的視線。

話雖如此，這對經歷第二輪人生而有所覺悟的我來說，根本不會介意這種小事。因為我知道過分在意他人的目光，也只是讓自己的人生變得綁手綁腳罷了。

第四章
校園階層等級上升中

「話說回來，最近大家都在談論校慶的事情……」

突然呢喃著的是最近教室裡最常出現的話題。即使是現在這個瞬間，許多同學也議論著要推出什麼樣的攤位。

只是稍微豎起耳朵傾聽了一下，就聽見「鬼屋不錯吧？」「還是最常見的咖啡廳吧。」「啊啊，真麻煩。隨便弄一弄就可以了吧。」「我不想做些無聊的項目。有沒有人能提出超棒的點子呢。」等意見。

「是啊，快到了呢。下星期好像就要決定攤位了。呵呵，我好期待喔！」

紫条院同學以興奮的表情開心地說道。

看來她很期待校慶，聲音明顯相當雀躍。

（哦……紫条院同學喜歡這種活動啊。）

發現憧憬的少女新的一面，不知為何有種賺到了的感覺。每當從這女孩子身上找出新的發現，我好像就會很開心。

（不過……有點不安耶。教室裡的意見好像太分散了……？）

光是根據偷聽到的閒聊，就同時聽見不同的攤位方針、原本就沒興趣的傢伙提出的抱怨以及空有幹勁但沒有想法的傢伙的聲音。

不只是活動，像是會議在開始前意見要是沒有一定程度的統一，就很難有什麼進展……

（紫条院同學似乎很期待，希望不要出現什麼問題，一次就順利解決……）

就像面臨前途茫茫的企畫時一樣，我的內心出現一絲不安的感覺。

＊

「嗚哇啊啊啊啊啊啊嗯！怎麼辦！怎麼辦！」

某天第三節課結束後的休息時間，一名少女面對自己的桌子抱住了頭。

少女的名字是筆橋舞。

她是隸屬田徑社的短髮少女，雖然嬌小但是纖細的身軀有著漂亮的曲線。性格給人相當開朗且有趣的印象，喜歡體育又大剌剌的她很容易溝通，也相當受到男孩子歡迎。

但是現在的筆橋煩惱到完全看不出平常那種開朗的模樣。

事情是開始於第一節的世界史課。

或許因為筆橋非常喜歡體育，因而將大量心力投注於社團活動的緣故，她經常會在上課時打瞌睡……剛才上課時終於因為這件事而惹老師生氣了。

然後當老師說出「看來一定得留下來補課了」時，筆橋就立刻脫口表示「討……討厭啦，老師！我沒有打瞌睡啊！證……證據就是我的筆記已經完美地把寫在黑板上的重點與說明都抄

下來了！」。

結果就變成「那放學後把筆記交出來。真的全部抄下來的話就不用補課」的情形……不過，完美的筆記當然只是謊言。

老師絕對也很清楚這件事。

即使如此還是給了她一段緩衝時間，應該就是要讓她快點完成筆記並且主動去向老師道歉，然後讓她好好地反省整件事吧。

「那……那個……有沒有完全抄下筆記的人？」

課程結束後的休息時間，筆橋就以求救的眼神看著班上的每一個人，但大家都露出抱歉的模樣把眼神移開。

嗯，當然也有不少人確實地抄了筆記，但「完美地把寫在黑板上的重點與說明都抄下來了」的門檻實在太高了吧。

此時紫条院同學雖然露出想要幫忙的表情，但回頭翻著自己筆記的她似乎感到很難過，臉上浮現出「我……我沒辦法……！是我的能力不足，真的很抱歉，筆橋同學……！」的模樣。

接著又過了兩個小時來到現在……一直找不到解決方法的筆橋露出深感困擾的模樣。

（嗯……某方面來說，放著不管也算為了筆橋好……不過就幫她一次吧。）

「筆橋同學，可以打擾一下嗎？」

「咦……新……新濱同學……？」

到筆橋的位子上向她搭話後，短髮少女就瞪大眼睛。

她周圍的學生也相當驚訝，不過我能理解他們的反應。

對於班上的眾人來說，我是個寡言的陰沉角，跟同樣是圖書委員的紫条院同學也就算了，突然對沒有交情的女孩子搭話應該是完全出乎意料的行動吧。

「我這本筆記抄得應該還算可以，妳看看能不能用吧？」

「這……樣啊，這……這是什麼！明明像是把上課內容整個抄下來卻又很容易懂！」

筆橋翻著我的筆記，發出驚愕的聲音。

沒錯，寫在黑板上的內容就不用說了，甚至包含了上課的解說、考試的對策，這是活用社畜時期的資料製作能力所精心寫成的筆記。

當然不是從上輩子的高中時代就能辦到這種事。

這是前世的學生時代沒有好好用功，陷入地獄般公司的我經過猛烈反省後，到了現在所表現出來的學習慾。

（即使是這個時代，拚命用功讀書考進好大學才能進好公司的觀念也有點落伍了……但我實際體認過學力的確跟工作有直接的關聯了。）

因此這輩子的我決定要拚死認真求學，灌注心力在建構基礎的學力上。這本筆記就是在這

樣的過程中產生的結果。

「不要說能不能用了，根本完美喔！我要借我要借絕對要借！超感謝你的，新濱同學！送你學校餐廳的餐卷當成謝禮吧！」

「嗯……嗯。能幫上忙真是太好了。啊，不過今後要好好抄筆記喔。經常打瞌睡都沒抄筆記的話，也難怪老師會生氣。」

「嗚咕……無法反駁……！嗯……嗯，這次跟你借一下，以後我會努力保持清醒的！總之真的太謝謝你了！」

筆橋大概是很討厭補課吧，九死一生的她不停感謝我，之後便以猛烈的速度開始抄筆記的作業。

*

接著又來到另一天。午休時間跟朋友銀次一起吃飯時，突然有男學生跟我搭話。

「喂，新濱。有空嗎？」

聲音的主人是棒球社先發成員之一的塚本。

人長得帥之外又是個爽朗的運動員，可以說集大量優點於一身，當然也是個擁有女朋友的完美傢伙。

「聽見你之前幫我設定的來電鈴聲，女友也說想跟我用同樣的鈴聲。但我完全不懂手機……」

「嗯，下次把你女友的手機拿來給我設定吧。」

「喔喔，我欠你一個人情！下次請你吃福利社的麵包！」

應該是不斷受到女友的央求吧，塚本露出鬆了很大一口氣的表情離開了。

不過來電鈴聲真是令人懷念耶。明明功能型手機的時代那麼流行，結果變成智慧型手機後就幾乎沒聽見了。

「新濱……最近你怎麼好像經常被人拜託做事情啊。也有不少人找你借筆記……」

打開便當的銀次像是很佩服般這麼說道。

「噢，筆記的話似乎是跟筆橋同學的對話被周圍的人聽見了。馬上就要檢查筆記了，所以有幾個人來跟我借。」

不過要是免費借出的話，難保之後不會出現不斷來借的傢伙，所以我便確實地要求了麵包與果汁等謝禮。

「你這傢伙……等級真的提升了耶。」

「啥？等級？」

無法理解銀次以讚賞的表情如此呢喃的內容，我只能不停眨著眼睛。

「學校內的階層啊。以前的你跟我一樣都是三軍，現在增加了受歡迎的優點，大概提升到二軍正中央左右了吧？」

「不……這種區分不是那麼簡單就能改變的吧。」

「普通來說是這樣。但你改變的模樣一點都不普通啊。」

銀次以傻眼的表情繼續說道：

「整個人好像脫胎換骨一樣，無論面對什麼人都能有自信地說話，而且相當了解手機與電腦，經常會幫助別人。最後再加上火野那件事。你在大家面前怒吼那個狡猾的恐嚇取財混蛋並讓他道歉一事已經傳開了。」

「哎，我也知道自己有些改變。不過火野那件事是因為他想搶走我的錢包，完全是他不對喔。不論什麼人受到那種對待都會發飆吧。」

「即使如此還是怕到發抖才像是我們這種人吧。根據看見的人所說，你好像發出連周圍的人都被震攝住的殺氣……你這傢伙果然在異世界經歷過各種修羅場才回到這裡對吧？」

「嗯……確實是經歷過許多修羅場（爆肝）啦。雖然因為太過嚴酷而有許多地方都喪失記憶，在不眠不休連續戰鬥好幾天仍看不見終點的戰場上，只記得一瞬間曾有『啊，對了。從屋頂上跳下去不就能休息了嗎』的念頭。」

「奴隸士兵路線太恐怖了吧……」

「嗯，超恐怖。基本上腦袋裡不會出現希望與夢想了。」

像現在這樣遠離那種地方，才能注意到那也算是某種洗腦。

每天沉淪在工作裡面的話思考能力會逐漸降低，連自己處身於地獄這件事情都無法察覺。

「嗯，先不開玩笑了。你自己也注意到周圍看你的眼神不一樣了吧？」

「這個嘛，的確是有啦……」

高中時代的記憶就隨著每天到學校上課逐漸變得鮮明，那個時候周圍的人明顯不把我當成一回事。

雖然沒有殘酷的霸凌，但是被火野這種冒牌不良少年當成目標，在班上也根本沒有發言權。

（但現在明顯不同了……）

愚蠢的男生為了笑料而拿我當題材的情形消失了，自從火野那件事之後，也沒有不良少年來找我麻煩了。

「周圍的人也確實注意到你改變的模樣嘍。至今幾乎沒說過話的傢伙開始不斷表達自己的主張，成績也變好了，還以自己擅長的事情來幫助別人……就是因為這種態度與助人的行為而開始受到重視。」

「是這樣嗎……」

對我來說，之所以開始用功是因為想提升第二次人生的基礎能力，幫助別人也只是在自己能力範圍之內的舉手之勞。並非因為想要提升周圍的人對我的評價。

（話雖如此……）

免於補課的筆橋對我說出「謝謝你——！現在社團活動真的不想休息，真的幫了我一個大忙！」的感謝之詞，還有聽見剛才的塚本和來借筆記的傢伙向我道謝時，雖然有些困惑不過仍有種新鮮的感覺。

雖然當陰沉角當了長達三十年的我不擅長與人培養感情——但是這輩子能拓展上輩子沒能辦到的交友關係也絕不是什麼壞事。

＊

「感覺已經完全習慣這樣的生活了……」

時間是星期日的中午。

我在自家的客廳吃著自製的三明治。

靠著時間旅行這種異常現象開始第二次人生的我，經過兩個多星期之後，不論如何都會習

慣然後變成新的日常生活。

（而且……感覺心情也逐漸返老還童了。）

應該說思考也受到年輕肉體的影響嗎……感情的變化幅度變大，感覺反應也變得趨近於高中生了。跟銀次鬼扯時會開心地大笑，看漫畫與小說也會立刻流眼淚或者感動，可以說感受性也變強了。

至少可以確定的是，現在的我內在不再是那個三十歲的社畜了。

「啊……老哥。」

「早……早安啊，香奈子。」

突然轉過臉，就看到我那個很適合綁馬尾的妹妹——香奈子站在那裡。

雖然是寬鬆T恤加短褲這種休假打扮，不過還是要老王賣瓜一下，我的妹妹真的很可愛。

上輩子的這個時候幾乎沒有交流了……但這輩子從時光旅行第一天相遇之後，就一直以非常複雜的視線看著我。

「還沒吃午飯吧？我做了三明治，妳拿去吃吧。我馬上幫妳泡紅茶。」

「…………」

我為了繃著臉保持沉默的妹妹站起來，走到廚房去泡紅茶。

只要遵守確實讓茶葉在壺裡上下躍動，並且倒入以熱水溫熱後的茶杯等基本原則，就算是便宜的紅茶，顏色與香氣也能變得很完美。

「來，妳的紅茶……為什麼露出那種困擾的臉，很難吃嗎？」

回到客廳後看見香奈子雖然大口吃著三明治，但是不知道為什麼，臉上卻反而出現感到疑惑的表情。

「…………太奇怪了。」

「奇怪？有什麼妳不喜歡的嗎？雞蛋三明治用了辣芥末奶油不對味嗎？還是洋蔥培根三明治加太多胡椒了？」

「奇怪的不是三明治而是老哥啦！」

妹妹像是再也忍不住般開口大叫。

「啊啊，我忍不下去了……！如此美味的三明治和芳香的紅茶到底是怎麼一回事？其他還不斷代替媽媽做了馬鈴薯燉肉、咖哩、漢堡排等等，而且全部都很好吃！真的搞不懂到底是怎麼了耶！」

從時間旅行首日就一直感到困惑而且保持著沉默的香奈子，像是打開話匣子般滔滔不絕地說著。從她的樣子看起來，應該累積了許多想說的事情吧。

「沒有啦，只是想試著做菜而已。」

過去我剛開始一個人獨居時，為了過像樣的生活而試著開始自炊，結果竟出乎意料地有

趣，之後甚至達到了興趣的領域。

但隨著社畜的工作量急劇增加，這種極花時間的興趣自然也就中斷了。之後將近十年以上都是外食或者吃超商便當。這也是我的健康變得極為糟糕的原因之一。

但是回到能像這樣自由使用時間的高中時代，我就重新開始做菜，而這同時也是為了減輕媽媽的負擔。

「那不是試著做的水準吧！而且還自己洗衣、曬衣和打掃家裡，也每天坐在書桌前用功……！到底是怎麼了？是吃到什麼奇怪的東西嗎？」

雖然不斷遭到批評，不過我做的幾乎都是為了媽媽。

我發誓這次一定要努力讓上輩子因為一直擔心笨蛋兒子而死的媽媽能夠笑著活下去。

初步就是幫忙做菜與家事來讓媽媽輕鬆一點。每天都用功當然是為了自己，不過也是為了讓媽媽看見我積極的態度而減少她替我的未來擔心。

（現在已經擁有大人的精神，感覺學習真的很有趣呢……）

人類好像變成大人了解學習的重要性後，學習的慾望才會上升，以前很討厭的學科現在也覺得很有意思。

因為學習得越多，就越能為自己的人生加分。

解題也很像是在玩某種遊戲，忍不住就一頭栽進去了。

「蓬亂的頭髮與眉毛也修剪得很整齊，早上甚至開始慢跑！回過神來才發現講話變得很清晰，陰沉阿宅的模樣完全消失了……！是掉到哪個湖裡被換成乾淨的老哥了嗎？」

再怎麼說都別丟出一大堆貶低哥哥的發言好嗎？

妹妹啊，說起來注意儀容本來就是社會人士必備的技能。

邋裡邋遢的話對方面對你的態度就會變得相當敷衍，也會被客戶公司的員工瞧不起，結果挨上司罵的次數就跟著增加。

因此我已經變成不保持最低限度的整潔，就會覺得跟裸體上戰場一樣無法冷靜的身體了。

「原本以為是受到漫畫還什麼的影響而開始奇怪的耍帥，但已經過了兩個星期，那種轉世般的模樣還是沒有改變！這樣真的很噁，你倒是給我說明清楚啊！」

對於我來說，只不過是打起精神來過第二次的人生而已……但是在妹妹眼裡，我這樣的改變確實相當詭異且莫名其妙吧。

不過該怎麼辦呢……要是笨笨地老實說出「我是來自未來」，她可能會真的會叫救護車過來。

「那個……其實呢，我現在有在意的對象。」

「咦……」

「那個女孩子一直是我的憧憬，最近發生了一點事情讓我想接近她。但至今為止又陰暗又膽小，功課與體育都不好的我根本配不上對方，所以對自己感到很丟臉。」

香奈子或許是對事情往這方面發展感到意外吧，只見她吞了一大口口水，並專心聽著我說話。

「所以我就決定要改變。不論是儀容、功課還是運動都要好好努力，然後主動從原本陰暗又細聲細語的我改變成開朗且講話清晰明瞭的我。同時為了讓自己更有深度，也開始做家事與做菜來磨練自己。」

「啊，咦……那個……真的嗎？老哥，你真的是說真的嗎？」

「當然是真的。我要捨棄之前那個廢物般的自己，變成一個帥氣的男人。」

「～～～～！了不起！真是太了不起了，老哥！」

話一說完，香奈子就以閃閃發亮的眼睛尊敬地看著我。

「那個老哥！那個像大便一樣陰鬱的老哥竟然會說出這種話！為了在意的女孩子而改變，真是太讓人尊敬了，老哥！」

妳這傢伙，什麼叫像大便一樣陰鬱……

「嗯，這真的是好事！因為我原本以為老哥會度過一輩子關在房裡看輕小說與動畫，然後發出呼嘻嘻笑聲的人生！」

「我真的要發飆嘍，喂！」

以氣憤的聲音說完後才注意到，話說回來社畜生活唯一的樂趣就是在自家觀賞輕小說、動畫以及玩電玩，所以香奈子的預測完全命中……真是可悲啊。

「那麼，老哥在意的女孩是什麼樣的人？成熟的女生？辣妹？運動少女？大概可以預測到應該是老哥喜歡的巨乳啦！」

像是被打開某種開關一樣，妹妹以有些興奮的模樣詢問著我想要親近的人。嗯，反正也沒什麼好隱瞞的。妳想聽的話做哥哥的就全說給妳聽吧，香奈子。

「嗯，我就告訴妳吧。那個女孩是我的同班同學，名字叫做——」

就這樣，我盡情地訴說了紫条院同學這個我被圈粉的偶像究竟有什麼樣的魅力……結果短短二十分鐘妹妹就撐不住了。

「啊～！夠了！夠～了～啦！我很清楚那個人的魅力了！啊啊真是的，只要是自己想說的事情就滔滔不絕地說下去，這一點跟以前完全一樣嘛！」

「我還沒說夠呢……嗯，不過這樣妳就知道紫条院同學是多麼優秀的人了吧？」

「應該說那個人是怎麼回事……長得漂亮胸部又大還是有錢人家的大小姐，對任何人都親切地搭話而且溫柔又天真……？真的有這種人嗎？好像是妄想實體化一般的存在。」

「光聽情報的話確實很像妄想的集合體……好，那就實際讓妳看看她是什麼樣的人吧。」

由於紫条院同學的高規格讓妹妹甚至開始懷疑她是否真的存在，沒辦法的我只能回到自己

ICE CREAM

房間拿出班上的合照。那是我在前世後來拍到智慧型手機裡的照片，也是回到過去前在死亡深淵所看的物品。

「嗚哇……真的存在耶。嗚哇……這是什麼，真的超美而且胸部超大……再加上非常天真無邪的笑容……」

「嗯，很棒的人對吧。這就是紫条院同學。」

「為什麼老哥一臉驕傲啊……不過真的是像公主的人呢。要把她變成女朋友門檻應該很高，真的沒問題嗎？」

「啥……？女朋友？妳在說什麼啊？」

「…………咦？等等，老哥你才是到底在說什麼？」

當我聽見對方說出莫名其妙的話而感到到困惑時，香奈子也像是聽不懂我說的話一般瞪大了眼睛。

「你想成為紫条院小姐的男朋友跟她談情說愛吧？這個目標成為原動力，讓你突然變得在各方面都很努力不是嗎？」

「啊，等等，或許妳聽起來是這樣……但不是喔。對我來說紫条院同學是『憧憬』，不是想交往的人啦。」

她從上輩子就一直是我的憧憬。除了是炫目的青春寶石之外，也是我除了家人以外的女性中比任何人都尊貴的天使。

但正因為如此，我才會不認為她是我可以伸手觸碰的存在。

「紫条院同學就像是我用盡全部心力支持的偶像那樣。所以她只要對我微笑就會有升天般的心情，對我搭話的話心臟就會怦咚跳個不停。但我沒想過要把那個女孩子占為己有。」

「啥……？那想要親近她的意思是……？」

「啊，是想成為普通朋友的意思喔。至今只能在遠方眺望……但最近有好幾次跟紫条院同學講話的機會，所以才會想到她身邊近一點的地方。」

我之所以想要接近紫条院同學，首先是為了要保護她。

一點一點建議她如何面對不合理的情況，藉此迴避天真爛漫的寶石被惡意侵蝕而粉碎的未來。這是只有處於跟她相當親近的地位才能辦到的事情。

但是要問我是否只因為這樣的使命感而想跟紫条院同學變熟，答案絕對是ＮＯ。

想待在紫条院同學身邊。希望以「粉絲」的身分一直在紫条院同學身邊享受她的溫柔與魅力。這樣的願望在這輩子再次遇見那名天使般的少女後就不斷變強。

「嗯，那個……也就是說……老哥只要看見紫条院小姐的笑容就很幸福，心臟怦咚怦咚地跳，內心充滿想要待在她身邊的心情……所以想要成為『朋友』來更加接近她嗎？」

「嗯，正是如此。」

「這……這這……這個笨蛋老哥————！」

我宣告真正的想法後，香奈子不知道為什麼突然氣憤地痛罵起我來。

「啊啊啊啊啊啊真是的！實在太蠢了！虧我還以為你像少年漫畫的主角那樣覺醒了呢，結果在最重要的地方老哥依然是老哥啊啊啊啊啊！」

「？？？」

妹妹像是看到超級蠢蛋般大聲呼叫並且抱著頭。

怎……怎麼了？為什麼我再次受到批評？

「嗚嘎——！老哥要是處於這種狀態，我會在意很多事情根本無法丟著不管……！事到如今……好吧！開心吧，老哥！今後就由我來幫忙你接近那個紫条院小姐！」

「啥？」

才想說怎麼突然在人家面前抱起頭來，結果馬上驕傲地表示要幫忙我的朋友計畫。老實說真的搞不懂她。

「老哥確實是從水蚤超進化成小小肉食獸了，但仍不知道接近女孩子的方法吧？所以擁有許多男性與女性朋友的我呢，接下來要教你很多事情啦！」

「那是……」

就算是身為哥哥的我來看，香奈子確實擁有可愛又開朗的個性，從小時候開始就一直是社

群的中心人物。關於接近女孩子這件事，她的確能夠想出比彆腳的我高明許多的方法才對。

「老實說，對於老哥『朋友』這個目標設定有許多想吐嘈的地方……但老哥真正的心意只能等你自己發覺，所以就先盡量跟紫条院小姐變熟吧！如此一來，無論如何都會找到答案才對！」

「呃，嗯……？」

面對丟出一大串話來的妹妹，我只能愣愣地如此回答。

口氣聽起來簡直就像在對不及格的學生指導、說教一樣。

「話說回來……這個人實在太完美無缺了，真的沒有男朋友嗎？就算老哥的目標是『朋友』，人家有男朋友的話我想就沒辦法交異性的普通朋友了喔。」

看似多少已經冷靜下來的香奈子，眼神落到照片的紫条院同學身上並這麼呢喃。

「啊，關於這一點應該不用擔心。紫条院同學沒有男朋友。」

「是嗎？像這麼漂亮的人，告白的人應該是絡繹不絕才對吧？」

也難怪她會有這樣的疑問，不過紫条院同學的情況有點不太一樣。

人人著迷的校園偶像，因為太有魅力了，當然有許多男孩子看上她。

但因為數量已經超乎常軌，所以反而沒人有辦法能獨占。

「因為太受學校的男孩子歡迎，只要有人想告白似乎就會受到周圍的阻撓。然後她本人又因為太過天真，根本沒有注意到落在自己身上的火熱視線。」

「咦咦……哪有這種事……想告白的人就去啊。形成這種潛規則來妨礙提起勇氣的人真是噁爆了。」

「喂，妳嘴巴也太毒了。嗯，的確是很愚蠢的潛規則，不過與其說大家都遵守這個規則，倒不如說是沒人想破壞禁止偷跑的氣氛才比較正確。」

「啊，不過……那麼就算是為了成為朋友，老哥接近紫条院小姐的話，周圍的膽小男們也會妨礙你吧……？」

「正是如此。但那有什麼關係。」

「咦……」

接近紫条院同學的話，當然會受到許多男生敵視。目前就已經多少感覺到這樣的視線了。

但是纖弱的我已經不存在了，所以我不會因為這種事而害怕。

我發過誓絕對要守護紫条院同學的未來。為了完成這個使命，我願意跟任何東西戰鬥，不論是誰都無法讓我打退堂鼓。

「不論紫条院同學的身邊是誰我都不退讓。越是接近她，敵人一定越多，但我會把他們全部轟飛……」

「老……老哥……！竟然如此堅決……！」

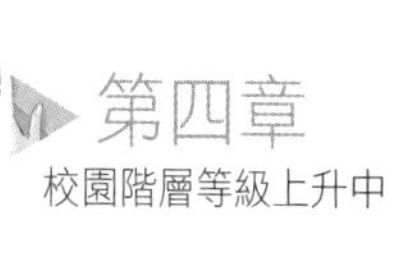

第四章 校園階層等級上升中

一看之下，香奈子露出非常興奮的模樣。

不知道為什麼，甚至看起來像是有點感動。

「雖然最終目標是成為朋友這件事實在讓人無法苟同，但你的決心讓我對你刮目相看了喲，老哥！明明原本是那麼膽小，現在竟然說就算要跟周圍的人為敵也要跟特定的女生做朋友！」

「香奈子……」

這傢伙靠著與生俱來的可愛外表與溝通能力，成為跟我相反的陽光角，一直以來都相當耀眼。正因為這樣，上輩子才會隨著年齡的增長而跟我這個「陰暗又無趣的哥哥」再也沒有話說。

「對某個人憧憬到開始努力改變真的很帥氣喲！我會好好幫你加油！」

身為陽光角的香奈子認為我很帥氣，而且由衷地替我加油。

這樣的事實——讓我覺得入手一個從手中溜走的東西，眼頭因此為之一熱。但身為哥哥的我，為了保持形象還是拚命把快要溢出的眼淚忍下來。

「所以呢……呵呵呵，我想聽聽讓老哥如此死心塌地的相識經過。到底跟這個超級美女發生過什麼事呢？」

「喂……妳這傢伙！那種邪惡的笑容是怎麼回事？」

「因為能讓老哥這個陰鬱大王改變到這種地步喲？那當然會讓人非常在意究竟發生了什麼樣的趣事啊！」

回過神來後，發現香奈子在我身邊露出童心未泯般的促狹笑容。

到底有多少年……沒看到她露出這種笑容了？

「好了，老老實實說出來吧，老哥！我會確實地幫助你，快點把害羞的事情都爆料出來，讓我開心一下吧！」

客廳響著像這樣嬉鬧的聲音，假日的午後就這樣過去了。

我們兄妹隨著年齡逐漸默默變寬的私人空間已經消失，上輩子極度討厭我的香奈子，在我伸手可及的地方露出毫無隔閡的笑容。

這是像回到孩提時期一般的珍貴時間……我打從內心感到它的可貴，同時在心底深處感受這一切。

＊

（哦，有了有了。排名是……第十名嗎？回到過去後只有三個星期可以用功，這樣已經算很不錯了。）

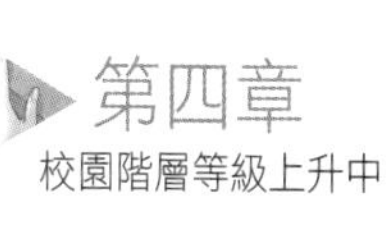

許多學生聚集的學校走廊。

那裡貼著期中考成績優秀者的名字與排名，而我則對揭示的結果感到一定程度的滿足。

「咦，喂喂！你是怎麼了，新濱！期中考你的成績竟然進入前十名了！」

「嗯，我其實滿拚的。」

真的很久沒有攤開教科書與筆記本來用功了，越是用功就能拿越高分正是高中等級課程的優點。

「等等，為什麼說得這麼輕描淡寫！是說跟我一起在中間偏下徘徊的那個你到哪裡去了？這個背叛者～～！」

在交雜著因為考試結果而發出歡喜與悲傷聲音的吵雜走廊上，有些發飆的銀次這麼大叫著。

看來這個傢伙的成績不怎麼好看。

「我可不記得曾經跟你組成低於平均點聯盟喔，銀次。這次只是剛好想用功的日子比較多罷了。」

「臭傢伙！還像最強主角那樣說出『這根本沒什麼』般的發言！我這下子確定會被老媽狠狠罵一頓了啦！」

當我跟抱著頭的銀次像這樣嬉鬧著的時候——

「哇啊……！好厲害！太厲害了！新濱同學原來功課那麼好啊！」

「哦哇！紫……紫条院同學？」

不知道什麼時候來到旁邊的紫条院同學，以閃閃發亮的眼神稱讚著我。

這雖然很令人高興——但因為她的一句話，周圍開始出現騷動並且注意起我們，現場籠罩在一片浮躁的氣氛當中。

「哎呀，可能只是這次狀況特別好。我自己也覺得很滿意。」

「沒有啦真的很厲害！其實我根本進不了排行榜，名次還很後面呢……」

看來她的成績是低於平均點，紫条院同學這時沮喪地垂下肩膀。

「呃，喂……！為什麼紫条院同學跟你……這麼……熟啊？」

「嗯？噢，因為我們都是圖書委員。」

陷入混亂狀態的銀次對著我咬耳朵，不過因為周圍還有許多人，所以就輕描淡寫地給了一個標準的說法。

「那個……所以我有件事情想要拜託你……」

「拜託？」

紫条院同學以很難開口般的表情這麼說道。

個性一板一眼，什麼事情都試圖想獨力完成的紫条院同學，會開口拜託別人真是很少見的

情形。

「那個……嗯……希望你能把我從輕小說禁止令裡解救出來！」

「咦？」

＊

「其實……最近看太多輕小說……導致成績下降了許多……」

時間來到放學後。

在沒有其他人的教室裡，紫条院同學正對我補充中午時那個請託的說明不足的部分。

「咦……妳看了那麼多嗎？一個月大概幾本？」

「嗯……四十本左右。」

「四……四十本！那確實有點過頭了！」

看了那麼多本輕小說，難怪會沒辦法顧及功課。

沒想到她會著迷到這種程度……

「是啊……一個不小心就栽進去了。完全是我不好……！也因此最近上課時都昏昏沉沉，考試前根本沒辦法好好地準備！嗚嗚……丟臉到想找個洞鑽進去……」

平常總是掛著笑臉的紫条院同學難得露出沮喪的模樣，很難過般垂下肩膀。雖然這麼說對她本人不太好意思，不過那副模樣就像隻垂頭喪氣的小型犬，給人一種新鮮的可愛感覺。

「因此挨了父親的罵……還說『下次段考成績沒有超過總平均的話，就暫時禁止妳看那些像漫畫的小說』……」

「原……原來如此……這就是輕小說禁止令嗎？」

下一次段考是學期末所以還有很長一段時間，但在那之前會因為校慶而變得很忙碌，為了能確實避開她爸爸的處罰，的確應該從現在就開始準備。

「但是……以個性認真的紫条院同學來說，真的有點出乎意料耶。竟然會入迷到忘了時間。」

紫条院同學雖然看起來有點天然呆，但其實非常地認真，因為太過著迷於興趣而犯錯實在不太像她。

「沒這回事喔。老實說我的功課不是很好……沒辦法專心坐在書桌前面，經常會出現……翻翻雜誌時間就過去了，然後才說著『嗚哇！我怎麼會這麼蠢！』，並且開始討厭起自己的情形。」

「是這樣……嗎？」

「是啊。或許有人會誤以為我什麼事情都辦得到，但我跟那種完美的人是差了十萬八千

里。不比別人更加努力的話馬上會聽不懂上課的內容，放假的時候也會一個不小心就睡到中午……」

雖然不至於認為她什麼都辦得到，但我正是視紫条院同學為特別存在的人，因此她的話著實讓我嚇了一跳。

（但是，因為考得不好而沮喪的紫条院同學，好像有種……平凡女孩子的感覺，看起來好可愛……）

因為實在太漂亮，讓人忍不住在毫無根據的情況下認為她在其他方面也完美無瑕，所以很害羞般告白自己的無能才會讓人產生親切感。

「總之就是希望我教妳功課對吧？」

「是的，就是這樣！因為這樣的理由真的很不好意思……但還是必須忍住羞恥請你務必幫忙……！」

「等等，不用低頭啦！如果覺得我有這種資格，那我當然願意幫忙！」

「真的嗎？謝謝你答應我如此厚臉皮的請求……！」

我一答應下來，紫条院同學就像得救了一樣臉龐瞬間發出光輝。

啊啊真是……別用那麼純真的臉龐露出歡喜的笑容，實在太可愛了。

「不過為什麼會找我？應該有比我聰明的人，只要是紫条院同學的請託，無論任何人都會願意教妳功課才對……」

「咦？沒有啦，確實也有其他成績很好的人……但是沒有很熟的我突然就要人家教我功課也只會徒增別人的困擾。」

我認為只要對方是男的，被紫条院同學拜託的話一定會在最興奮的狀態下答應這件事……看來她仍未正確地認知自己的魅力。

「而且……一起用功的話，跟不是很熟的人總覺得無法放鬆。從這方面來看，新濱同學是跟我最熟的男生而且又比我聰明，我覺得很安心。」

「……嗚。」

雖然好不容易保持住認真的表情，但是她說到「最熟的男生」時我的心臟已經無可避免地開始猛烈跳動。本人應該沒有其他意思只是以無邪的心說出這樣的話，但是對她相當憧憬的我卻不由得感到驚慌。

「嗯……嗯嗯……！聽妳這麼說真的很開心。那我們馬上開始吧。」

強行把依然混亂的心壓抑下來，我刻意展現出游刃有餘的模樣——

「好的，那就拜託了，『老師』！」

「噗哦……！」

以純真無邪笑容所說的「老師」讓人聯想到違背道德的情景，再次讓我的心產生劇烈的震

動。

*

「這個證明是要先求出這邊的數值……」

「啊，原來如此！這樣就會等於X值了。」

開始用功雖然已經過了一個多小時，但是過程相當順利。

這跟紫条院同學原本就很認真，而且充滿學習熱誠有很大的關係。

「話說回來，新濱同學的教法真的很容易懂……你有相關的經驗嗎？」

「嗯，是曾經教過別人一些事情啦。」

話雖如此，但我沒有教過別人功課。

現在拿來作為參考的是指導新進員工的方法。

我待的黑心企業幾乎沒有新人訓練，工作上採取的是邊看邊學這種荒腔走板的方針。

但這樣新人非但無法成為戰力，反而會礙手礙腳，導致我的睡眠時間減少。

因此我便自行製作了新人用的教育手冊。

而要運用這本手冊時，必須注意三個要點。

・工作的意義・以完成式來表示（為了A的說明會製作B的資料等）。

・展示到完成式的順序，並且讓其理解自己目前在進行哪個部分。

・適度誇獎新人來創造出容易提問的氛圍，並且提升其幹勁。

「最後只要完成這裡等於這裡的方程式就可以了。所以思考X的值是多少比較適合……對對！什麼嘛，馬上就理解了不是嗎，紫条院同學！」

「呵呵，因為你很會教啊。啊，還有像這個地方——」

我在重點處加以稱讚後，紫条院同學就很害羞般露出靦腆的笑容。

（沒錯，就是需要這種氣氛。能夠輕鬆提問的氛圍。）

剛開始用功時的紫条院同學，或許是因為對於功課沒自信的緣故吧，她的話比平常還要少而且很緊張。但目前不斷地提問，即使有不清楚的地方也不會害怕。這正是我所期望的狀態。

（最糟糕的是難以開口提問的僵硬氛圍。因為無法提問，不懂的地方就一直不懂，也完全無法加深信賴關係。）

我新人的時候受到上司的「有什麼不懂的盡量問」→「別連這種事情都問」→「犯錯了？為什麼不找我商量！」的不講理三連段攻擊，曾經有段時間因此而害怕發問，根本不知道什麼才是正確的做事方法。

因此在指導時，我都會盡可能地稱讚對方。

稱讚是注意到對方努力的證據，受到他人的認同則是感動人心的重要燃料。

「呼……稍微休息一下吧。已經努力一個半小時了。」

「好的。呃，那個……抱歉讓你花了那麼多時間。之後一定會補償你的……」

「哎呀，千萬別客氣。這樣我自己也能複習。」

我為了守護紫条院同學的未來，本來就要想盡辦法跟她變熟。就算撇開這一點，這段能夠跟憧憬的人一起用功的時間也相當幸福。

「新濱同學最近好像很努力用功……已經決定將來的發展了嗎？」

「嗯，我想去念大學。目前正在煩惱要報考哪個層級的學校。」

第二次的人生要朝哪個方向發展？

回到過去之後就一直在煩惱這件事，不過唯一可以確定的就是絕對不進黑心企業工作。

那麼目標就是進入過去記憶中被稱為優良企業的公司上班，但它們全是大企業，要進去工作都相當困難，所以必須考上一定程度的大學才行。

「嗯，其實我的方針很普通，就是盡量考到好的大學然後到正派的公司上班。紫条院同學有什麼打算呢？」

「嗯……大學畢業後父親說會安排我到認識的公司上班，但我覺得這樣有點作弊，所以不是很願意。」

真是一板一眼耶。

既然是身為大公司社長的父親所準備，那一定是很好的職位吧。

「但我不知道自己適合什麼樣的工作……茫然看著徵人海報，就被『歡迎任何人加入』、『宛如家庭般溫暖的職場』還有『熱情能確實獲得評價的環境！』等句子吸引……」

「哦，這樣——咦？」

不對，等一下。妳剛才說什麼？

歡迎任何人加入？宛如家庭般溫暖的職場？熱情能確實獲得評價的環境？

「從這些職種當中先到『任何職位』『好像都能錄取』的公司，之後『再怎麼辛苦都要忍耐』來努力看看——」

「不行啊啊啊啊啊啊啊啊啊啊啊啊啊啊啊啊啊！」

「呀啊！」

竟然說出這麼恐怖的發言！

這樣的計畫根本是通往地獄的直達車啊！

「那個，怎麼了嗎，新濱同學……？」

「紫条院同學，妳仔細聽好了。」

我以嚴肅的表情面對瞪大眼睛的大小姐。

「不能毫無警戒就相信這種宣傳詞！」

「咦咦？」

「『歡迎任何人加入』是太辛苦了所以有很多人離職的意思，『宛如家庭般溫暖的職場』很多都是由社長一家人獨裁管理！『熱情能確實獲得評價的環境』也就是業績門檻或者加班很恐怖的意思！（※新濱個人的感想）」

因為我上輩子服務的公司正是貼出像這種感覺的徵人海報！

「當然並非所有的公司都是這樣，也有許多正派經營的企業！但就算以這樣的宣傳詞為目標好了，用『任何職位』『好像都能錄取』這樣的選擇方式一定被糟糕的公司騙走！」

「那個，糟糕的公司是什麼意思……」

「首先最常見的是超乎常軌的工作量。我……不對，是我的親戚好像每天從早上八點工作到深夜十二點之後。」

「咦……？那聽起來好像除了睡覺的時間之外全部都在工作……」

「沒錯。然後超出法定工作時間的紀錄會被消除，根本拿不到加班費。」

「？？？」

嗯，這個反應是正確的喔，紫条院同學。

連這麼說的我自己都覺得意義不明。

「現在說的是特別糟糕的情況，但這種黑心企業是確實存在的。所以『哪裡都可以』的選擇方式將會導致悲慘的結局。」

「是……是這樣啊……！」

把我過去深切體驗到的情報傳達出去後，紫条院同學就像受到衝擊般開始發抖。

「我都不知道還有這種事情，真的嚇了一大跳……不過新濱同學為什麼這麼了解這方面的事呢？」

「那是因為……我從剛才提到的那個親戚那裡聽到許多事情。他表示不小心進了黑心公司，一直到三十歲都像待在地獄一樣。」

「原來如此，是這樣啊。話說回來，我聽過幾次黑心企業這個名詞，就剛才的事蹟聽起來真的很過分呢……」

「嗯，那根本不是人待的地方。」

像是濃縮了這個世上所有邪惡的奴隸般日子，以及讓我身心崩壞的各種記憶重新浮現在腦海。

「挨罵是家常便飯，甚至連父母親與人格都會遭到批評。當然領不到半毛加班費，上司把自己的工作全丟給下屬，有錯部下扛有功自己領。一個月能休假兩三天就算不錯了，有時連如此珍貴的休假都會被用手機叫回職場。」

越說就湧出越多當時的恐怖記憶。

累積在心裡的抱怨一發不可收拾。

「工作繁忙的時期甚至得拿睡袋住在公司好幾個星期，除了工作就無法做其他事情。還有人因此倒下，結果高層不但沒有慰勞反而咒罵他是沒用的傢伙。然後明明已經這麼忙了，還得看社長寫的書並且提交三十張稿紙的心得報告。」

「呃，那個……這不是戰爭時遭受拷問的情節吧？」

「很遺憾，這從頭到尾說的都是現代日本的工作。」

像這樣一一羅列出來後，發現那真的是沒有人權的世界末日般職場。

腦袋因為每天的極度疲勞而變笨，導致無法認清自己的慘狀也是黑心企業的卑鄙之處。

「要是說哪裡都可以的話，就可能會不小心淪落到那種像是監獄的公司嗎……」

「是啊，然後在那種地方認真地『再怎麼辛苦都要忍耐』來努力看看的話，心靈絕對會崩潰。」

沒錯，紫条院同學的未來正是如此。

如此惹人憐愛且完美的心靈就這樣壞掉了。

只有這一點……我是無論如何都得阻止。

「因為親戚不斷跟我訴說這些事情，感到害怕的我就決定認真思考自己的未來。比以前更敢說出自己的主張和變得更加用功都是因為這個理由。」

「好……好的，我也開始覺得自己得更加用功才行了……！」

聽見基於實際體驗的黑心企業真實狀態，紫条院同學抖得更厲害了。

很好，這樣紫条院同學就又遠離毀於公司的死亡旗標一步了。

「不過光是聽見這樣的事情就立刻想從各方面改變自己，新濱同學真的很了不起喔。老實說，真的很想跟你看齊。」

「沒有啦……真的沒什麼了不起。」

只是因為這是我第二次的人生，知道未來沒那麼好混罷了。

第一輪的高中時代也對未來抱持著朦朧的不安。

但我卻加以忽視。

以小鬼的樂觀想法，天真地以為就算什麼都不做未來也不會太糟糕。

代價就是十二年的社畜生活。

（對於紫条院同學也是同樣的理論，明明其實是想像這樣跟她多說一些話，卻一廂情願地茫然期待著「會不會發生什麼讓我們一口氣變熟的事件」。）

當然，光是等待的話根本不會有什麼事件發生。

就算發生了，被動的男人也無法活用這個機會。

不自己去爭取的話將無法獲得任何東西——對於必須死過一次才能懂這個道理的我來說，根本沒有資格被人稱讚很了不起。

「不，真的很了不起呢。」

像是看出我自虐的說法一般，紫条院同學以清脆的聲音表示：

「不論是我還是學校的眾人，甚至是大人……大概都很清楚為了成為理想中的自己還是得好好努力才行。但實行起來卻相當困難。因為努力需要耗費相當大的能量。」

這時紫条院同學輕笑了起來。然後帶著宛如春花開一般的笑容，說出了極為直率的發言。

「所以……我覺得實際開始行動的新濱同學非常帥氣。」

「……嗚。」

茫然聽見的這句話，讓我產生胸口整個被貫穿的錯覺。這句從天真爛漫心靈發出的，肯定我的發言強烈滲入我的內心。

（咦……咦……？這是什麼心情……）

自己憧憬的偶像對自己有無邪的好感當然相當令人高興。雖說是理所當然的事，但總覺得有點奇怪。歡喜與幸福感累積下來後似乎要超越些什麼。

我內心某種非常黑暗的部分似乎阻止了原本應該早就快要爆發的感情，這樣奇妙的感覺在自己的心中不停地脈動。

「咦？怎麼了嗎，新濱同學？」

「啊，沒有……」

紫条院同學毫無防備地窺探著我的臉，一看見她這樣的臉龐，我的臉就漸漸開始發燙。這樣下去的話，自己的感情似乎要爆炸而出現錯誤了。

「沒……沒什麼！好了，那麼休息時間結束！接下來上化學吧！」

「好的，拜託你了，老師！」

望著她炫目的笑容，我們再次開始用功。

之後我也努力要平靜地擔任她的老師——但即使裝出冷淡的模樣，激昂的心情卻一直很難冷靜下來，滾燙的臉頰也遲遲無法降下熱度。

第五章 社畜的簡報

「呵呵，校慶真是令人期待！」

雖然距離期末考還有一段時間，不過放學後的讀書會已經變成定期舉行。

在休息時間時，紫条院同學以興奮的樣子這麼說道。

「啊啊，整個學校都充滿校慶的氣氛了。」

校慶。說出口後就有種非常懷念的感覺，但老實說真的沒什麼好的回憶。只記得上輩子每年都跟銀次一起吃著飲食攤位的輕食，帶著羨慕的心情望著跟情人一起逛校園的那些傢伙。

「紫条院同學喜歡校慶吧。」

「是啊！我喜歡所有的祭典！」

以愉快笑容如此回應的紫条院同學那像是孩子般興奮的模樣，實在相當可愛。

像這種天真無邪的表情實在太適合這個少女了。

「我呢……小時候不太能去參加節慶之類的活動……」

「這樣啊……」

雖然紫条院同學的家不像是名門常見的那種會束縛女兒的類型，不過每個家庭都有自己的內情或者父母親的忙碌程度等各種問題吧。

「或許是因此而造成反動吧，我非常喜歡祭典那種熱鬧吵雜的氣氛。而且校慶是整所學校的祭典，能夠跟班上同學一起創作自己的樂趣！這不是很快樂的一件事嗎！」

「…………」

我望著很開心般說著話的紫条院同學，稍微也浮現一些新鮮的心情。

基本上我的內心是不喜歡學校的活動。

其中又以運動會最令人討厭，林間學校與合唱大賽則是以咬破熊膽般苦澀的表情參加。雖說校慶已經算是比較能接受的了，但果然還是沒有興奮的感覺。

（享受學校的活動……嗎？說得也是。這種度過青春的方式正是我上輩子沒有經歷過的吧。）

「嗯，連我都期待起校慶了。覺得開始有幹勁了喲。」

「呵呵，那真是太好了！雖然不知道會推出什麼樣的攤位，不過讓我們一起努力吧！」

就這樣，原本不太關心的我也完全進入校慶模式，打定主意這次一定要好好地享受一番。

——這時我完全無法想像，之後不要說毫無關心了，我甚至陷入必須把所有神經都集中在校慶上的事態。

＊

「所以說要更盛大一點啊！那樣太沒意思了！」

「啊～真是的！都說不要太麻煩的了！」

「啊啊真是夠了，為什麼會亂成一團呢！」

教室內響起許多聲音。

我們班目前正在召開決定校慶攤位的會議。

乍看之下是熱烈地討論著——實際上卻是最糟糕的狀態。

（到底打算討論到什麼時候……！已經像這樣搞了將近一個星期了喔！）

沒錯，一開始我跟班上其他人都樂觀地看待這種狀況。

只不過是從攤位候補選項中做出選擇，然後決定是何種內容的會議——作夢都沒想到最後會變成這種永無止盡的情況。

主要的原因就是現在發出焦躁聲音的這些傢伙。

「所以說呢，不論哪個提案都沒關係但太普通就沒意思了吧！就說要是那種超有衝擊力的攤位才行！」

喜歡浮誇而說不出具體內容，只會在旁邊搗蛋的笨蛋赤崎。

「吃的東西和鬼屋很累人所以跳過！隨便弄點簡單的展示品就可以了！我可不想一點一點慢慢地準備啊！」

覺得麻煩而持續主張只要輕鬆的攤位，口頭禪是「好累～」的野呂田。

「請不要試圖強行通過自己的意見！這是全班性的活動，必須要好好地討論才行吧！」

本人雖然很認真，但是太過重視協調性而無法做出任何決定的實行委員風見原。

雖然提出了一定程度的候補選項，但這些傢伙不停地爭吵以至於根本無法進入下一個階段。

（完全是「只會跳舞，談判桌則毫無進展」的狀態……）

雖說各方的主張仍有分歧點——但是拖得如此之長，將會變成「吵架狀態」。

這是上輩子在會議中偶爾會見到的現象，不去反覆斟酌對方的意見並且檢討，只是固執地想要強行通過自己的主張。

（開始認為退一步接受對方的意見是「認輸」了……）

原本主持人應該調整意見以防止這種情形出現，很可惜的是實行委員風見原只會說「好好地討論！」，根本沒有調整的能力。

「可惡……我受夠了。隨便選哪個都可以快點決定吧。」

第五章
社畜的簡報

坐在旁邊的銀次以疲憊的模樣如此抱怨。

班上其他同學也因為會議實在拖得太長而感到厭倦，已經每個人都只是疲乏地旁觀而已。

「我說銀次啊……除了現在只懂得說自己意見的傢伙之外，還有沒有其他發言較為有力的同學？照這樣下去的話，準備期間根本不夠喔。」

「啥？哎呀，當然還是有幾個人啦，但變成這種狀況的話已經沒人想淌這場渾水了吧。現在開口的話，就得面對那幾個吵得不可開交的傢伙嘍？那倒不如就這樣默默看著事情發展。」

「嗯，說得也是……」

（漸漸想起來了……話說回來，這時候就這樣拖拖拉拉地沒能統整出結果，最後就按照野呂田的主張弄了簡單的展示就把事情帶過了……）

以這種過程所決定的展示當然不會有太好的品質，班上的攤位就以門可羅雀的結果告終。

關於這件事情，上輩子的我就只有「能輕鬆結束真是太好了」這種程度的感想——

我倏然把視線移到紫条院同學身上。

平常相當開朗的少女，這時明顯因為班上距離團結相當遙遠，而且飄盪著疲勞感的會議感到失望。

她正因為期待的校慶開始籠罩著烏雲而感到悲傷。

「……………」

這樣下去將會決定推出擺爛的攤位，結果與紫条院同學期待的全班一起熱烈投入的活動相距甚遠。

那麼……改變這個結局的方法是？

（當然有……有是有啦……）

還需要一些準備，不過應該可以破除這種狀況。

但那同時也需要我做出一定程度的覺悟。

必須得做出上輩子的高中時代幾乎無法想像的行動。

（好吧……既然要做那就得全力以赴。）

再這樣下去，紫条院同學的臉將因為悲傷與鬱悶而蒙上烏雲。

我實在無法允許這種事情發生。光是稍微想像一下，我的內心就激烈地拒絕著。

於是我就下定決心了。

要徹底完成這件某方面來說完全跟陰沉角相反的事情。

＊

「老哥，你在做什麼啊……？」

第五章

社畜的簡報

到了晚上，在傳出滋滋美味聲音的客廳裡，妹妹香奈子以感到不可思議的聲音這麼問道。

「噢，我在做章魚燒啊。」

沒錯，我眼前放著以前在商店街抽獎活動中抽中的章魚燒機。

雖然是便宜貨但性能相當不錯，我用錐子翻過麵糊後就露出烤得酥脆的模樣。

「不是，這我當然看了就知道……為什麼是現在？要辦章魚燒派對嗎？」

自從上次那件事之後——香奈子多年來冷漠的態度就像謊言般消失，總是以坦率到讓人驚訝的態度對我搭話。我因為這樣的改變感受到盈滿胸口的幸福，同時也以直爽的口氣回答：

「這個嘛，簡單來說是為了紫条院同學。我不願意讓那個女孩悲傷下去。」

「啥……？能夠用章魚燒止住悲傷……？那是什麼，紫条院小姐吃了麵粉類食物就會開心嗎？」

「怎麼可能呢。別開紫条院同學的玩笑。」

「是老哥你的說明嚴重不足吧！應該說只要跟紫条院小姐扯上關係，老哥的智商就會嚴重下降耶！」

胡說些什麼。怎麼可能有這……不對，只要一想到紫条院同學就會感到幸福，思考似乎就會變得簡單……

「……哎呀，抱歉。有電話。」

打到功能型手機的電話是我知道的號碼。

「啊，您好！我是新濱！平素受您照顧了！」

「！」

我一開始通話，香奈子不知道為什麼就愣住了。

「是的，感謝您幫忙估價～！然後關於價格……啊，是這樣嗎～很抱歉，我們的預算有點不足，這樣的話可能就得拜託其他公司……嗯嗯、嗯嗯！」

啊啊，好懷念這種談生意的對話。

嗯，這算是老把戲了。看我再推最後一把。

「所以說呢！如果能稍——微便宜一點點的話就拜託貴公司！啊，有折扣嗎！哎呀，真的很不好意思！那麼決定好交期後這幾天會再跟您聯絡！好的、好的！啊，那麼就先失禮了！」

掛斷電話後喀嚓一聲合起功能型手機。

雖然未來折疊式手機將會消失，但能收到口袋裡真的很方便。

「呼……如此一來這邊就可以了……嗯？怎麼了香奈子？」

「我才想問怎麼了哩！那種完全像是上班族的噁心說話語氣是怎麼回事啊？」

「啊……」

我自己完全沒有意識到，但一講起生意似乎就會自動切換成社畜時期的對社外模式。唔

嗯，連靈魂都深受影響的習慣真的很恐怖……

不過雖然被稱為噁心的說話方式，但這種親近感與快節奏卻對於交涉事情有很大的幫助喲。

「沒有啦，那個……剛才在跟某個業者講話。因為對方是那種口氣，所以我只是配合人家而已。」

「是嗎……算了，反正老哥最近的奇言異行也不是現在才開始。」

嗯，剛才那的確是不尋常的舉動啦……但也不到奇言異行的程度吧……

「好了，先不管這件事……呵呵，那這次又是怎麼了呢，老哥？你打算為了紫条院小姐做些什麼對吧？」

喂，這個臭傢伙……眼睛突然開始閃閃發亮了！

竟然拿我要做的事情來當作樂子……！

「我說啊……我可不是為了提供妳有趣的話題才努力的喔。」

「啊哈哈哈！因為怒吼來勒索的假不良少年讓他嚇得半死，還有威脅找紫条院小姐麻煩的辣妹來趕走她們等事情都讓我笑到肚子痛啊！我完全變成老哥的粉絲嘍。」

面對以可愛臉龐發出「咿嘻嘻」笑聲的香奈子，哥哥這種生物就只能邊說真拿妳沒辦法邊完成偉大妹妹的心願了。

呼，這傢伙真是夠了……

「好吧，反正也不是什麼祕密。這次我打算做的是——」

我說明完計畫後，香奈子果然捧腹大笑起來。

「啊哈哈哈哈哈哈哈哈！真的假的？要做到這種地步？而且已經準備得相當周到了我肚子好痛……！哈～咿～好痛苦……！哎呀老哥真是太棒了！我要成為粉絲團的會長！」

「別笑到流眼淚啊……我可是很認真的。」

「啊哈哈，抱歉抱歉！嗯……不過呢……」

香奈子不知為何以開心的表情看著我。

「如果是以前的老哥，就算倒立也不會想到這種點子吧。雖然已經聽過許多老哥熱衷的事蹟了……不過我認為能夠讓人想付出到這種地步，是因為這是人生相當重要的邂逅喔。」

有著稚氣未脫臉龐的妹妹以莫名成熟的表情這麼表示。

「像我真的很受歡迎。不過就算男孩子再怎麼追求都不會出現『想一直跟這個人在一起』的心情，所以真的很空虛耶！不論是朋友還是戀人，真的相當契合的例子是很罕見的喔。」

咦……我上輩子就知道妳很受歡迎了，不過還只是國中生的妳已經達到能說出這種愛情奧祕的程度了嗎……？哥哥我真的有點受到衝擊……

「所以呢，加油吧老哥！說不定不會再遇見能夠如此想盡力幫忙的人了！」

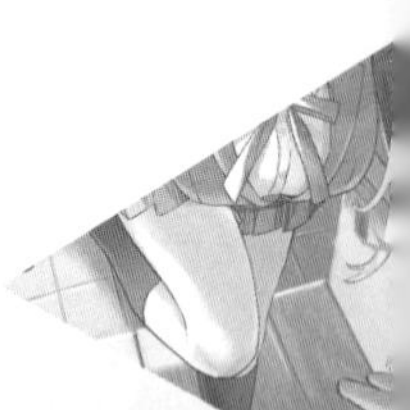

「……嗯，是啊。」

她說得一點都沒錯。不論是同性還是異性，足以令人感謝命運的邂逅是極少見的例子，甚至珍貴到可能一輩子都不會有這種遭遇。

沒錯，紫条院春華這名少女對我來說就是足以稱為這種奇蹟般的——

（……足以稱為奇蹟般的，什麼？）

開始尋找適當的言詞後，立刻浮現好幾個候補。

憧憬的少女、永遠的偶像、青春的寶石，雖然每一個都正確……

但不知道為什麼，這些用來表現紫条院同學的言詞對我來說卻又有種不太到位的感覺。

「嗯嗯？老哥你怎麼了？章魚燒要焦掉了喲？」

「啊，沒有啦……剛才在發呆。」

因為香奈子的聲音回過神來，我把正在烤的章魚燒翻了過來。

由於正好烤熟了，我就試吃了一下，結果確實相當酥脆。

「那麼我明天就姑且放手一試，讓班上那些傢伙嚇破膽子吧。」

「嗯嗯！就是這種志氣喲，老哥！雖然這種幾乎是恐怖行動的想法讓人有點害怕，不過一定要成功喲！」

「嗯！我會好好幹的！」

那天晚上，難得有這個機會，我們家人就一起舉行了章魚燒派對。

下班回家的媽媽看見我跟感情絕稱不上好的加奈子嬉鬧的模樣後嚇了一大跳，我說出「今晚我們三個人就來個章魚燒吃到飽吧！我會不停地烤！」的提案後，就噙著眼淚開心地表示同意。

就這樣，新濱家母子三人就熱鬧地享受了一段幸福的時間——

我完成所有準備後，迎接隔天的到來。

＊

然後——這一天班上關於校慶攤位的會議依然沒有任何進展。

「啊～真是的，真的很累人耶！那麼想做展示以外的攤位就自己去做啊！贊成推出展示攤位的我們可不會幫忙喔！」

「這樣不行！校慶的攤位必須要所有人同心協力！請好好地參與討論！」

「對啊對啊！大家一起搞場大的吧！就是那種超引人注意的攤位！」

依然只想偷懶的野呂田、只不斷訴求必須經由討論來得到結果的風見原，以及沒有任何具體性光靠印象卻說話特別大聲的赤崎。

第五章
社畜的簡報

現在想起來，風見原提出「放棄多數決盡量用討論來決定」的意見就是諸惡的根源。

然後一開始雖然很踴躍地出現做這個做那個的意見，但赤崎總是用「那太普通了一點都不有趣吧？」來找碴，最後覺得厭煩的眾人就不再參加討論了。

再加上怕麻煩的野呂田開始對這種拖拖拉拉的狀況發飆，開始不斷呼喊「簡單的展示就可以了吧！除此之外都很麻煩啦！」才會造成目前的狀況。

（這些傢伙到底懂不懂?像現在這樣拖拖拉拉的話，寶貴的準備時間都被浪費掉了喔。）

接下來時間就這樣毫無效率地過去了，原本期待班上能團結一致準備攤位的紫条院同學臉色也越來越陰暗。

其他學生們也疲憊不堪，每個人都以「隨波逐流」的心情放棄眼前的狀況。這時已經沒有任何結束這場又臭又長會議的要素。

所以——就由我來改變這樣的情勢。

我呼出一口氣，準備從位子上站起來時——

（………嗯……）

動作不知為何停住了。

簡直就像身體拒絕這麼做般，沒辦法從自己的位子上站起來。

我立刻就想到原因了。

我內心的過去。陰沉角的部分化成沉重的疼痛來拒絕我的行動。

（哈哈，原本以為回到過去後已經拂拭掉很多了……果然內心還是存在嗎？因為變成大人後也一直是陰沉角嘛。）

上輩子的高中時期，一步都沒有離開自己的位子這個小小的領土。強烈拒絕著舉手說出意見、積極拓展交友關係以及主動擔任任何職務。

屏住呼吸盡量採取不引人注目的舉動，只是一直擔心害怕會不會被其他人傷害。

（雖然至今為止擊退過幾次攻擊我的傢伙，但那都是自衛，對手也是單獨一人。這次是自己主動——而且是以全班同學為對象。難怪我膽小的部分會開始隱隱作痛。）

但是——我已經不是那個會輸給膽小自己的我了。

害怕疼痛而一直無法從這個位子上站起來的過去將在此結束。

（那麼……就出發吧。）

椅子嘰嘰往後退的聲音迴盪在教室裡。

在教室內所有人注視下，我當場站了起來。

＊

第五章
社畜的簡報

班上同學們納悶的視線望著仍在討論中就突然站起來的我。

我無視他們的視線走到教室後方放置東西的架子，扛起準備好的辦公室用收納箱。

「咦？喂，新濱？」

「新濱同學……？」

聽見背後的銀次與紫条院同學傳來驚訝的聲音，我這次則是朝著講臺前進。

「嗯啊？搞什麼啊新濱？」

「啊啊嗯？你這傢伙在做什麼。」

「那個……那個箱子是什麼？」

赤崎、野呂田、風見原三個人對大步走向講臺並且放下收納箱的我發出質疑的聲音。

「風見原同學。」

「什……什麼事？」

「我有話想說。要借用妳的時間。」

對校慶實行委員打過招呼後，我不等待她的回答就直接把手撐在講桌上。

接著在全班同學面前吸了一大口氣——

「這種愚蠢的會議哪還能開下去啊啊啊啊啊啊啊啊啊！」

以能發出的最大音量這麼叫著。

在我身旁的風見原以及在自己位子上鬼叫的赤崎與野呂田，以及班上其他人當然都為之一愣而僵住了。

這時我立刻追加攻擊。

「繼續討論也無法決定什麼，只是浪費時間！所以我要提出自己的提案！在班上同學判斷這個提案究竟可不可行之前，會議就由我來主持！」

一瞬間，整間教室都靜了下來。

然後——幾秒鐘後出現預料之中的反應。

「你……你在說什麼啊，喂！明明是新濱卻突然跑出來說些蠢話！」

「你這傢伙最近太得意忘形了！別以為自己很行啊！」

「什麼主持啊！滾一邊去！」

（……八：一：一左右嗎？）

看了班上整體的反應，在腦袋裡做出派系的區分。

八成是因為這種狀況而產生混亂，目前保持沉默的學生。

對我沒有太強烈的反彈，只要有力量改變這種停滯不前的狀態，不論是誰都能獲得歡迎。

一成是對我抱持著敵意的學生。

不是對「阿宅又軟弱的新濱」來主持會議感到不滿，就是對我成績變好存在感逐漸增加感到焦躁的傢伙。

剩下的一成是贊成隨便推出展示攤位的派系。

以野呂田作為代表，因為想避開麻煩事而贊成輕鬆提案的傢伙們，認為我的提案應該很麻煩而開始反對。

（雖然八成歡迎看起來似乎占優勢，但光是有兩成聲音很大的反對派，就很難整合意見了……）

然後我接下來要做跟陰沉角完全相反的事情——也就是必須對班上所有人表明自己的意志，成功讓他們同意我的意見才行。而且是在明顯存在敵對勢力的情況之中。

（嗯……這不算什麼。只是辦一場簡報，讓人覺得「與其這樣拖下去乾脆贊成新濱的提案」而已。）

「那麼大家先看這個！」

我無視叫囂，從收納箱裡拿出跟兩張以學校大型影印機印製的海報差不多大的表格，並且將其貼在黑板上。

周圍雖然傳出「那麼大張的資料是什麼啊……」還有「搞什麼啊想上課嗎？」等各種聲音，但我全部當成沒聽見。

「這是表示距離校慶的剩餘時間、各種攤位的平均準備天數，以及其他問題點的圖表！」

我的腹部開始用力，發出極為誇大的聲音。

在持有反對意見的會議裡更應該如此，總之巨大的聲音與充滿自信的魄力是最強大的武器。再怎麼優秀的提案，聲音太小就無法傳達給他人。

「因為到今天都在浪費時間，有幾種提案已經來不及了！首先就從這些案子開始刪除！」

我拉長上課用的指示棒，啪一聲敲了一下貼出的圖表。

「看這張表就知道，鬼屋是絕對不可能了！現在立刻開始作業的話還有機會，但是還要討論要做什麼樣的內容就絕對趕不上！日本庭園也因為同樣的理由而辦不到！我確認過流水素麵了，說起來根本就無法取得保健室的同意！」

我以資料以及讓人一眼就清楚資料的圖表作為根據，在辦不到的提案上用筆打×。

跟光用嘴巴說比起來，像這樣實際能用眼睛看見才比較容易得到贊同。

「現在的話還來得及推出的是『和風喫茶店』與『章魚燒』兩種！但沒有時間討論哪一種比較好了！因此——啊，風見原同學！我要貼這個幫我拿一下那一邊！」

「咦，啊，好的。」

讓站在旁邊眼鏡少女風見原幫忙，把圖表從黑板上撕下貼上其他資料。

「因此我提出將這兩者合體的『和風章魚燒喫茶店』！」

資料寫著加上圖案的說明，讓教室內的配置、食物菜單、飲料菜單等概要變得更簡單易懂。

「章魚燒共四種口味！飲料果汁類占多數！價格便宜！今年其他班級沒有麵粉類食物所以絕對會有客源！雖然有其他班級也推出喫茶店，但他們的賣點是蛋糕，飲料是咖啡和紅茶！我們是以果汁為主所以幾乎不會重疊！而且製作章魚燒與點餐的練習都不用花太多時間，沒有任何像製作鬼屋那種辛苦的要素！」

我一口氣排列出優點後，班上同學就發出「哦……」「好像不錯？」「看起來不錯……」的聲音，對於這個提案的關心也一口氣上升。

「嗯……是不錯，但會不會太普通了點？」

出現了，笨蛋赤崎。雖然沒有惡意卻只用感性來對別人的意見挑毛病，別再這樣了。你將來出社會一定會很辛苦喔。

不過，要是問難道不需要賣點嗎，答案當然是需要。

「嗯，我也想了幾個吸睛的商品！比如說超幸運俄羅斯輪盤章魚燒！只有一個加了山葵的話就是普通的俄羅斯輪盤章魚燒，但是把那一個加入超級大量的山葵就是超幸運版了！就算是大人吃到也絕對會哭！」

「哦……這點子很不錯嘛。聽起來滿有趣的。」

嗯，因為你平常老是在聊綜藝節目的話題嘛。

所以我就認為你會說這種懲罰遊戲般的內容很有趣。

「還有去幫忙點餐的人員要穿和風……而且是有廟會要素的浴衣或者男性和服便裝！然後烤章魚燒的人則是廟會短外衣與纏頭巾！」

「哇～哇～！這個點子也不錯耶！因為是祭典啊！」

「請……請等一下，這樣預算根本……！」

「別擔心。我已經跟服裝租賃公司談好折扣，讓他們在預算內把服裝借給我們了。啊，這個和這個是服裝的樣本照片，幫忙貼到黑板上吧。」

「已……已經準備到這種地步了嗎……？等等，為什麼我從剛才就像助手一樣被使喚啊？」

吵死了，風見原。

說起來只要妳這個實行委員別一開始就說什麼「放棄多數決」，就不會發展成如此麻煩的事態了！

看見貼出的浴衣照片後女孩們的反應是「哦……滿可愛的浴衣嘛。」、「嗯……租賃可以借到這種服裝啊？」、「確實很有廟會和祭典的感覺。」，可以說大致上相當不錯。

然後不只是女生，男孩子們也興致勃勃般看著黑板的資料與照片說出「嗯，說到烤章魚燒的服裝就一定是短外衣。」「很像小吃攤，感覺不錯耶。」，內心幾乎都傾向贊成我的提案。

（嗯，說起來每個人都希望能從那場又臭又長的會議裡解脫，像這樣刪除選項，只提出剩餘候補的折衷案當然能獲得贊成啦。）

但是——

「不是說很麻煩了嗎！輕鬆的展示就可以了啦！」

絕對不想推出麻煩攤位的野呂田依然開口喝倒采。雖然這也在預料之中，不過還有另一個抱怨的傢伙存在。

「憑什麼從剛才就得意洋洋地在那邊廢話啊，新濱！誰要贊成你的提案啦！」

提案根本不重要，只是對由我主持會議這件事感到不愉快的男學生是外表有點粗暴的土山同學。

以校園階層來說是待在二軍位置的傢伙，最近不知道為什麼特別敵視我。看來是很討厭比自己「低下」的傢伙引人注目或者有所活躍吧。

其他也有想用展示來偷懶或者敵視我的傢伙存在，但他們懂得觀察班上的風向，都擺出「嗯如果是這樣贊成新濱的提案也沒關係啦……」的態度了，剩下的這兩個人真的很棘手。

然後對於這股最後的反對勢力——我的對應是完全無視其存在！

「喂看這邊啊新濱！別無視我！」

吵死了啦土山。聽發自敵視者的奚落一點意義都沒有。

說起來我根本就不打算進行說服你們這種無謂的事情。

我的勝利條件是形成「氣氛」。

只要讓這間教室充滿支持我提案的氛圍就可以了。

然後——我投入為了完成這個目標所準備的王牌！

「那麼——最後想讓大家試吃準備好的各種口味的章魚燒。」

「哈咿？」

咚一聲把悄悄插上插頭預熱的章魚燒機器與章魚燒的材料放到講桌上後，站在旁邊的風見原就發出詭異的叫聲。

吃驚的不只是風見原。

看見突然在講桌上烤起章魚燒的我，每個人都瞪大了眼睛。

「咦，等等……新濱……老師許可你在教室用章魚燒機了嗎……？」

哈哈，別問這種蠢問題好嗎，銀次。

如果是用來準備校慶的時間也就算了，現在還只是決定攤位內容的會議喲。

「哪可能獲得許可！完全沒有報備啦！」

「咦咦咦咦咦咦咦咦咦咦咦咦咦咦咦！」

或許是對我竟然會趁著老師不在而違反校規感到意外吧，銀次大叫了起來。

第五章
社畜的簡報

然後當所有人都愣住的這段期間，機器就發出滋滋的聲音烤著章魚燒，我以練習所培養出來的技巧烤出了酥脆鬆軟的成果。

「嗚喔……好香……」

「肚子開始有點餓了……」

「這種聲音和味道在午餐前很有殺傷力……」

對吧對吧對吧。即使被我的行動震攝住，這種烤麵糊的聲音與醬汁的味道還是會讓人食指大動吧？

「來，烤好了！好了，大家別光坐著來吃吃看嘛！這也是我攤位提案的說明之一喔！」

眾人的眼睛完全集中在烤好的章魚燒上。

到處都可以聽見吞口水的聲音。

但是……或許是害怕從位子站起來會引起注意吧，沒有人有起立的動作。

（可惡……雖然很順利但氣氛變僵了嗎？怎麼辦……？）

這時候要是大家來吃的話，我的目的就幾乎可以說達成了。

但接下來該如何讓大家移動腳步呢……

當我稍微感到著急的時候──

「我我我！我要吃！我想吃吃看新濱同學的章魚燒！」

紫条院同學這名對我伸出援手的女神，以極為燦爛的笑容快速從位子上站起來。

（啊啊真是絕佳的時機！幹得好啊紫条院同學……！）

雖然不確定是主動要支援我還是單純想吃章魚燒，但老實說真的很感謝她。這是最棒的救援……！

「來，請吧。小心燙喔！」

「好的！啊哈哈，連海苔粉跟柴魚片都準備了呢。」

我把裝在紙盤上的章魚燒遞給來到講臺上的紫条院同學。

緊接著，即使在全班同學注目之下她仍毫不猶豫地吃下章魚燒，只有紫条院春華這名純真到有點天然呆的少女才能做出這種事。

「哈呼、哈呼、呼哦……真好吃！一般的章魚燒就不用說了，罐頭鮪魚跟麵糊相當合拍，加了起司跟培根的章魚燒好濃稠喔！」

紫条院同學以看來相當美味的笑容大口咬著章魚燒，完全進入美食報導模式。

然後……肚子餓的健康高中生當然無法抵抗那種津津有味的品嘗模樣——

「嗚哇，看起來很好吃——」

「我……也去嚐嚐看吧。」

「啊，那我也……」

第五章
社畜的簡報

「喂，太狡猾了別偷跑啊！我肚子也很餓！」

「咦，大家都吃的話人家也想吃！」

就這樣，同學們爭先恐後地來到講臺前要求試吃章魚燒。

在班上擁有最大等級存在感的紫条院同學開了第一槍後，一瞬間我的周圍就變成章魚燒派對的會場了。

「哦，很酥脆嘛！好吃！」

「哇哇，好燙！不過起司很搭耶！本身就有鹹味了就算不抹醬汁也很好吃！」

「哦，這是……明太子？喔喔，辣味也很不賴呢！」

「我吃章魚燒比較喜歡沾柚子醋而不是醬料……」

「咦，哪有人這樣，把它當成餃子嗎？」

「喂，你們等一下！這是試吃喔！我沒準備那麼多顆啊！」

雖然對班上同學只要章魚燒一烤好就全部吃光的食慾感到害怕，不過狀況完全按照我的預定發展。熱鬧地談論著章魚燒，在一片祥和的空氣中享受著這次沒有獲得許可的試吃大會。

僵硬的狀況被打破，「氣氛」完全成形了。

「咕啊啊啊啊啊啊啊啊！等等，嗚呸！這是什麼！」

「啊，銀次。那是大獎喔。剛才說明過的加了大量山葵的章魚燒。」

「喂，你遮傢伙……！別在試粗時加日那種東西啊……！」

辣到口齒不清的銀次，讓大家再也忍俊不住般開心地發出爆笑聲。

很好……這樣應該沒問題了。

「那麼，雖然突然這麼說真的很不好意思，不過這就是我的提案！最後請大家告訴我是否贊成吧！」

當我充滿信心地詢問結果——

「沒有異議！」「贊成！」「我很中意！」「我覺得這個提議不錯！」「很不錯吧？」「反正像剛才那樣也無法決定任何事情！」「哈呼哈呼！」「嗯，這樣應該就可以了吧。」「嗯，絕對行得通！」「超級贊成！」

果然正如我的預料，贊成的人占絕大多數。

稍微把視線移過去後，土山跟野呂田仍坐在位子上露出相當不滿的表情。但在場的所有人都相當明白事情已經決定下來了，所以他們也只能恨恨地咬緊牙根，以悔恨不已的表情來瞪著我。

（嗯，也不是能喝倒采的氣氛了。）

會議或者簡報最關鍵的就是氣勢與氛圍。

強調其他選項的缺點，宣揚自身提案的優點，藉由商品樣本或者實際演示讓「這個案子很

好」的氣氛在現場擴展並且固定下來。

能成功做到這一點的話，就算仍殘留少數反對意見也會變成「光會澆冷水的意見」而遭到無力化。

「那麼，風見原同學。突然就跑出來插手真的很抱歉，不過大家似乎採用我的提案了。」

「咦！啊，嗯咕，那……那麼討論的結果，就決定是新濱同學提出的『和風章魚燒喫茶店』了！已經沒什麼時間了，十分鐘休息上廁所的時間後馬上開始討論具體的內容吧！」

急忙把章魚燒吞下去的風見原如此宣告後，又臭又長的會議終於結束了。

倒是風見原……妳這傢伙怎麼說都是主持人，別一下就吃三四個啊。

＊

趁著十分鐘休息時間去上廁所的我，在感受到從走廊窗戶吹進來的風後才發現自己的襯衫有點濕了。

看來剛才的簡報似乎讓我流了一些汗。

（呼，真累人……現在回想起來，社畜時期就不擅長簡報了。）

在那種視線環繞的狀況下好像受到周圍的責備一樣，每次都會讓我的胃開始發疼。

（不過……這樣的我竟能站到班上同學面前，在叫囂聲中藉由熱血演說讓眾人同意自己的意見……哈哈，上輩子的高中時期就算再怎麼努力也辦不到吧。）

嗯……不過能順利成功真是太好了。

偶然側耳傾聽，就聽到教室裡傳出吵雜的聲音。

或許是剛才的章魚燒試吃大會讓氣氛緩和下來了吧，在休息中也有許多同學在位子上討論著攤位的事情。

「話說回來，圍裙怎麼辦？買的話很貴吧？」

「不是有家政課時做的圍裙嗎？就用那個吧！」

「章魚燒的醬料呢？還是要用ODAFUKU嗎？」

「啥？是Bull-Tok才對吧？」

「哦，把Igari排除在外是想吵架嗎？」

「對了對了，新濱同學準備的食材是不錯，但要不要再增加一種？」

「筆橋同學妳啊……說起來家政課的時候是不是也做了超辣煎蛋？」

嗯嗯，邊閒聊邊提升意識是很不錯的一件事。

氣氛很順利地被炒熱了。這樣發展下去的話，就會變成紫条院同學所期盼的，大家一起熱烈進行的攤位了吧。

「啊，新濱同學！你在這裡啊！」

回過頭朝聲音的方向一看，紫条院同學就站在我身邊。

她的聲音裡已經沒有絲毫靜靜聽著又臭又長會議時那種鬱悶感，可以說充滿了快要爆炸的元氣與喜悅。

（啊啊……）

看見紫条院同學充滿喜悅臉龐的瞬間，我內心的疲勞感就全部煙消雲散了。

能夠掃開她的憂愁真是開心。純潔且溫柔的少女找回應該有的表情為我帶來了飄飄然的舒服心情。

「剛才會議裡的新濱同學……真的、真的好厲害！沒想到竟然計劃著那樣的事情！真的太了不起了！託你的福，原本停滯不前的班級終於開始行動了！」

「沒有啦，妳太誇張了。因為大家都又累又煩了，所以才會這麼快就通過我的提案。」

雖然對露出興奮模樣的紫条院同學謙虛了一番，不過光是舉手發表那個提案的話應該不會成功吧。

因為剛才的現場還有敵視我的傢伙和贊成推出簡單展示派系的敵人存在。

要在那樣的情況中獲得大多數的贊成，就需要某種劇場型的簡報形成不由分說的氣勢，再加上試吃大會來一口氣讓風向固定下來。

「不過……你是什麼時候準備那麼優秀的提案與說明資料的呢？之前聊天時你對於校慶似乎沒有太大的興趣，看起來也不像從很早之前就開始準備……」

「嗯，包含提案在內都是兩天前趕出來的。」

「咦……咦咦咦咦！兩天前才想出攤位的提案嗎！那麼短的期間要準備調查得如此詳細的資料應該很辛苦吧？為……為什麼要這麼努力……？」

「那是因為……」

紫条院同學這麼詢問後，我就開始含糊其辭。

理由只有一個，就是我也跟妹妹提過的，相當簡單的事情。

但要老實對紫条院同學說出來會讓人感到很不好意思。

我的臉頰發燙，心跳加快。

明明剛剛才在全班同學面前滔滔不絕地開口說明提案，只面對一名少女的現在卻沒辦法順利開口。

「妳說很期待……大家一起努力的校慶……」

「咦……」

「要是攤位就那樣擺爛的話……我想紫条院同學應該會難過吧。」

「————……」

第五章
社畜的簡報

我滿臉通紅地這麼回答後，紫条院同學就瞪大眼睛，像是受到很大的衝擊般僵住了。

然後現在充滿了沉默。

走廊上只有從窗戶吹進來的風聲，我們在面面相覷的情況下不發一言。

兩人的眼裡只映照出對方。

然後——

「你要混到什麼時候啊，新濱同學！」

從教室裡傳出風見原的聲音破壞了整個氣氛。

「接下來還有一大堆事情要決定喔！身為提案者的你可以在那裡摸魚嗎！」

喂……妳在這種時候才發出這麼大的聲音……！

「……呵呵！」

突然間，從紫条院同學的嘴裡發出笑聲。

「看來休息時間已經結束了，差不多該回去了。絕對要讓新濱同學幫忙想的案子成功才行。」

「呃……嗯。說得也是！那我們也回去吧！」

我為了隱藏臉頰的紅潮快步走回教室。

然後在這樣的情況下——

——謝謝你，新濱同學。

帶著紫条院同學強烈心意的呢喃聲，確實在我內心迴響著。

第六章

能者多勞

在詳細討論校慶攤位的空檔，適合眼鏡的中長髮女孩——校慶實行委員風見原美月就唐突地對我搭話道：

「當時會議根本無法結束了，真的很感謝你。冷靜地回想起來，我只是大叫『好好討論！』，根本不是一個稱職的主持人……」

看起來是對我述說謝意與反省，但是她的表情莫名地冷淡，所以很難理解究竟帶著多少感情。

「嗯，雖然這麼說有點抱歉……嗯……」

原本很想加以否定，但是那種拖拖拉拉的模樣實在很難說什麼好話。

老實說，甚至有人表示她就是那種狀況的元凶。

「真的有了很深刻的體驗，不具備決議機能的會議根本是一片泥沼。永遠無法決定任何事情的感覺太恐怖了。」

「別說得一副事不關己的樣子！」

雖然不太有說話的機會，不過妳這傢伙真的很我行我素耶！

「嗯，我反省了而且也很感謝你。新濱同學突然來到講臺上大叫的時候，我還以為你腦袋有問題呢……結果根本是救世主。」

別這樣，不要一臉認真地膜拜我。

說起來這傢伙現在口氣雖然平淡，但開會時聲音倒是帶著不少感情，那是妳也因為那種嚴重的狀況感到焦急了嗎……？

「那麼……閒話不多說，開始正題吧。」

「咦……？」

（啊……這種情況是……！）

過去的我有過好幾次經驗了。

貶低自己的宣言加上誇獎對方。

接下來要出現的話語總是相當固定。

「有點小事想拜託你……」

嗚哇啊啊啊啊啊！果然————！

＊

第六章 能者多勞

「那麼這位是正式擔任實行委員顧問的新濱同學！請大家鼓掌通過！」

在風見原的介紹下，班上響起零零落落的鼓掌聲。

唯一只有紫条院同學以滿臉笑容幫忙以喝采程度拍著手，除了開心之外也有點害羞……

風見原拜託我的事情……也就是以提案者的身分輔佐實行委員。

雖然絕對算不上開心地接下工作——

「我身為主持人的能力實在太過於糟糕，害得新濱同學必須做到那種地步，我深為自己的無能感到丟臉。但先不管這個，思考出如此詳細的計畫並且準備資料的主導者不在中心推動這個計畫不行吧？」聽她這麼一說就無法反駁了。

企畫的提案人不參與準備，大概就跟開發小組消失後的遊戲續篇一樣糟糕吧。

（嗯，反正無論是什麼樣的形式，我本來就打算負責到最後了。既然接受任命就全力試試看吧。）

學生時代雖然沒有擔任過這個職位，但身為社畜時曾經被硬推上去擔任專案的組長。以那個時候的經驗來看——

（最初要設定目標吧。應該先決定最後的終點比較好。）

這是為了盡量保持現階段最重要的項目，也就是班上的士氣。

我們班在會議上浪費了時間，準備期間相當短。雖然我考慮到這一點而提出時間內能夠實現的案子，但工作人員的幹勁低落的話就會很危險，而且品質也會不斷下降。

「我是為了輔佐風見原同學而擔任顧問的新濱。請多多指教。那麼，一開始要先跟大家說的是，既然要做就要以第一名為目標。」

「咦……第一名？第一名是指在商品銷售部門獲得第一名嗎？」

我的話讓旁邊的風見原以驚訝的表情如此反問。

我們學校的校慶會依照入場者的人氣投票來替銷售與展示兩個部門排出名次。然後將在所有攤位結束後進行發表，獲得第一名的班級在舉行慶功宴時都非常地熱鬧。

「嗯，正是如此。以商品銷售的第一名為目標。」

「認真的嗎？時間已經很緊迫了耶。」

「辦得到。絕對辦得到。」

眼鏡少女以懷疑的眼神這麼問道，但我立刻如此斷言。

「我看過每一年在商品銷售取得第一名的紀錄，每一個攤位都具備與一般不太一樣的衝擊性，以及藉由高翻桌率來迅速獲得客人的投票。關於這個部分，我們的店員全部換上和裝，而且擁有許多跟一般章魚燒店不同的特殊口味，所以很容易留下印象。再加上也有外帶，所以會把票投給我們的客人本來就會變多。只要好好地做就能獲得很高的分數。」

我說明班上的攤位多麼有利之後，原本感到困惑的眾人也……

「哦……是這樣嗎？」

「嗯，麵粉類食物在祭典時本來就會大賣了。」

「咦，說不定我們班很有機會？」

臉上開始出現微微意識到「第一名」的表情。怎麼說大家都還是高中生，所以還是存在純粹「想獲勝」的心情。

「而且……有些傢伙不是一直嘲笑我們班嗎？」

我所呢喃的一句話，讓班上同學立刻有所反應。

跟好不容易才決定攤位內容的我們不同，其他同學年的班級早就已經開始準備作業。其中一些人看見我們拖拖拉拉的模樣……

「喂喂，那些傢伙還沒決定要推出什麼攤位耶。」

「啊哈哈！校慶要結束嘍！」

「也太沒向心力了吧，超好笑～」

就開始偷偷地傳起謠言了。

班上每個人都像目擊對方那種高高在上嘲笑本班的樣子，霎時青筋暴露並且表現出生氣的模樣。

當然我也不例外。可以的話，希望能給那些傢伙一點顏色瞧瞧。

「我們班確實有起步比人家晚的弱點。不論有沒有嘲笑我們的人，絕對都不認為我們能從現在開始挽回劣勢。」

但正因為這樣——

「我們能在這種狀況下贏得第一名的話——不覺得很痛快嗎？」

「「「……嗚！」」」

每個人都以驚訝的眼神看著咧嘴露出挑釁笑容的我。

但確實發揮效果了。

像是被我影響一般，許多學生臉上都露出挑釁的表情。可以知道我提出的目標讓現場的空氣稍微變熱了一些。

我設定第一名為目標的目的就是這個。人類在設定遠大的目標後就會提升往該處前進的幹勁，能夠發揮出遠超過平時的行動力。

而且——我還有其他人，應該都不討厭這件事才對。

也就是顛覆不利的狀況逆轉獲得第一名這種非常有青春感的情境。

「那就拜託大家了！接下來會加快行動的速度，大家要有心理準備！」

確認教室的氛圍已經進入狀況，我就開始說明接下來的事項。

第六章
能者多勞

＊

「那麼最後是山本同學負責裝飾，塚本同學負責調理嗎？要記得校慶當天裝飾班也要負責送餐與販賣餐券。」

分配職務的工作目前相當順利。大致上分為擔任裝飾教室的「裝飾班」、負責調理與設置廚房的「調理班」，現在好不容易才結束分配的工作。

「那麼，接下來有沒有同學願意接下調理班班長的職務呢？」

風見原如此說道並且環視教室——但完全沒有反應。

每個人都把眼睛移開，不過臉上的表情相當微妙。並不是覺得麻煩，而是認為自己無法勝任……

「嗯……那可以拜託塚本嗎？」

這樣下去又會沒完沒了，於是我便指名來請託。

帥哥塚本的話在棒球社應該習慣指揮成員了吧。

「等……等等，這我實在無法勝任！其他事情的話我願意幫忙！」

「咦……真的那麼不願意？」

調理班長當然不是什麼輕鬆的差事，但也不至於嚴重到這種程度——

「沒有啦，因為我完全沒做過菜！班員也就算了，班長完全沒有烹飪知識應該不行吧！」

「啊……」

原來如此……因為自己擁有一定的烹飪技術所以沒考慮到這一點，章魚燒確實所有人都需要使用電熱器與菜刀，必須進行指導與危機管理的班長還是要懂得烹飪的人員比較適合吧。

「沒有做過菜的人確實有時會做出相當離譜的行徑。就像之前媽媽請我幫忙加熱咖哩時，我不知道除了開火之外還得攪拌，所以整個燒焦了還被罵了一頓。」

「那是高二學生會出現的失敗嗎……」

我吐嘈以事不關己般口氣訴說自己失敗經驗的風見原，同時環視教室。其他調理班的眾人都露出甚感抱歉的表情，看來他們也都沒做過菜。

（嗯……怎麼辦？我來負責的話最快了，但已經接下像是總監督的職務……）

「那……那個……！新濱同學！」

「咦……？」

視線朝被叫到名字的方向移去，就看見紫条院同學在該處舉著手的模樣。

她明顯相當緊張，總是精力充沛的表情有些僵硬。

「我……我會做一點菜，我想接下班長的工作！」

第六章
能者多勞

「這個……當然很感謝，不過真的可以嗎？」

紫条院同學相當天真無邪，完全不在意校園階層可以對任何人搭話，也能不在意班上同學的視線光明正大地試吃章魚燒。

但是這樣的她也一直避開擔任委員長或班長這種身處「集團中心」的職務。

理由就是……上輩子雖然無法得知，不過應該是為了避免發生像被花山糾纏時那樣的麻煩事吧。

由她擔任集團的中心人物確實會奪走男孩子們的視線。然後也害怕會因此而造成一部分女孩子對她產生敵意。

「沒……沒問題！我會好好完成自己的工作！」

調理班的總人數其實並不是太多，不清楚為什麼紫条院同學突然會自願擔任領隊。

但是——清純少女這時的表情極為嚴肅。也不能不體諒到她突破自身限制，鼓起勇氣踏出一步的氣魄。

「好吧！那就拜託妳了！」

「嗚！好……好的！交給我吧！」

信任紫条院同學並且把任務交給她後，她就可愛地雙手握拳來鼓舞自己。那種拚命三郎的模樣讓我忍不住露出笑容。

＊

決定校慶的攤位後過了三天，今天班上的眾人也在放學後的準備時間進行著各自的作業，我個人則是終於可以稍微喘口氣了。

被任命擔任一個奇妙職務的我，在已經過了要決定各種事情的現在，應該能從這個工作當中解放出來才對。攤位從提案時我就已經準備好作為骨幹的計畫，設定好目標來增進眾人的幹勁後也分配完各自的工作。

接下來只要以一個作業員的身分來工作——原本是這麼認為。

「預算見底了。」

「為什麼啊！」

我吐嘈了以平淡口氣這麼報告的風見原。

妳以為我在簡報之前計算過多少遍預算啊？

服裝租賃費這個最大宗的支出也壓低價格了，應該有一定程度的轉圜空間才對！

「其實是裝飾班來要求追加預算……而且是很大一筆金額。首先請看一下這份申請書。」

「這……這是什麼……？要買的東西太多了吧？」

翻著遞過來的申請書，上面要求了大量的坐墊、小飾品、壁紙等裝飾用物品。要是全部都買的話有再多的預算都不夠。

「還有這個……『超大木材』這種連尺寸都沒寫的小學生般申請是怎麼回事？」

「這個我也不清楚……總之裝飾班目前似乎正在討論這份強硬的預算要求，只有直接去問他們了。」

看向風見原所指的方向，發現裝飾班正在教室的一角分為兩股勢力激烈地爭辯當中。雖然氣氛讓人有點難以插手，但身為掌握財政者還是必須跟他們談談。於是便走向該處。

「所以說幫忙一下啊！作業量確實會增加，但這是大家想出來的好點子，完成的話店內的氣氛會變得很棒！」

站在十幾名裝飾班前面的是身為裝飾班班長的短髮少女筆橋。然後與其對立的四個人則否定他們的意見。

「就說不行了！如果是按照一開始預定的作業我們當然會做，但如果是這個加上一大堆內容的案子，我們就得多做許多無謂的工作！不用那麼拚命，我們只要做最低限度的工作就可以了啦！」

原來如此……我大概了解是怎麼回事了……

「啊～赤崎可以打擾一下嗎？希望你把狀況告訴我……」

首先為了獲得情報而對筆橋派後面的男學生——笨蛋赤崎這麼搭話。

「嗯？這不是新濱跟風見原嗎！拜託想點辦法好嗎！難得我們想出很棒的裝飾點子，想偷懶的傢伙卻不願意配合！」

這傢伙雖然是那場又臭又長會議的戰犯之一，但完全沒有注意到我這樣的想法，還像是跟我很熟一樣表示「你這傢伙倒是想出一個很有趣的點子嘛」。

「很棒的點子？是什麼樣的？」

「看，這就是施工圖！雖然得花點時間跟金錢，但是很有和風的感覺吧！」

「我看看……哦，這是……」

「原來如此，感覺很不錯嘛。」

赤崎充滿自信遞過來的裝飾圖樣確實相當優秀。

整間教室統一呈現出和式氛圍，以壁紙與和風桌布掩蓋住書架與書桌等會把人拉回現實世界的物體，是不會讓人感覺到在教室內的出眾設計。

「看，很厲害吧！我預定要製作這裡的超大看板！所以需要一個人那麼高的木材！」

那個「超大木材」就是你申請的嗎！至少在申請書上寫下大小尺寸吧！

「啊，風見原同學和新濱同學！你們看過申請書了嗎？」

發現我們正在跟赤崎說話的筆橋，停止跟反對派的爭論以充滿期待的表情對我們搭話。

「嗯，大致上的情況剛才從赤崎那裡聽說了。這確實是很不錯的點子。」

「呵呵……謝謝你的誇獎！因此希望能按照申請書所寫的給我們一大筆經費！」

運動少女以自信滿滿的臉龐敘述著願望。看見她這種好點子絕對能獲得預算的年輕人特有的天真，就很難狠下心來告訴她殘酷的答案。

「那個，雖然難以啟齒……不過那樣的要求實在無法從命。我也認為是很棒的裝飾提案，但本來就深陷財政危機的本班實在無法提供那樣的金額。」

「咦咦！怎麼這樣！」

風見原的通知讓似乎大受打擊的筆橋發出悲鳴。

「哈哈，沒錢的話就沒辦法了吧！」

「嗯，別那麼認真嘛！就說沒人會那麼期待校慶的茶店啦！」

接著四名男性反對勢力就像是獲得勝利一般，而有幹勁的筆橋等人則是意氣消沉。

「不過……虧你們能在這麼短的期間考慮得這麼詳細。」

再次翻看裝飾案的資料，就能清楚地感受到他們的熱情。明顯是集合了眾人的意見並且加以鑽研。

「啊，嗯……我還有其他人一開始大概都沒有打算如此投入吧。也有校慶太過拚命的話很孩子氣而且丟臉的氛圍。但是，那個……新濱同學呢……」

「咦……我？」

「對啊對啊，新濱同學拚死認真提出了攤位提案，還毫不害羞地說出要以銷售第一名為目標這種像是青春連續劇般的事情……所以我們裝飾班也出現一股『啊，這可以充滿幹勁盡情地去做』的空氣，所以才會如此投入。」

筆橋說完又發出「啊哈哈」的害羞笑聲。

「接下來大家七嘴八舌地討論並且製作案子真的很開心……結果就越來越投入。那個，仔細一想就覺得這個班級的校慶就只有這一次而已了。」

「……是啊。」

沒錯，高中二年級的校慶確實只有這一次。

就算有我提昇大家意欲的舉動，了解青春的貴重並且燃燒幹勁的妳以及其他裝飾班成員，對我來說都相當耀眼。

「但是，沒錢的話就一點辦法都沒有了……雖然很遺憾也只有放棄了……」

「不，還不見得喔。」

「咦……？」

我的話讓筆橋眨著眼睛，風見原與在場其他成員也露出不解的表情。

「啊～裝飾班所有人聽我說！雖然沒辦法按照要求給予預算，但有幾個能夠便宜達成目的的方法！」

為了讓裝飾班所有人聽見，我開始大聲地說著：

「首先，學生會保管了去年校慶剩下來的膠合板和畫具等物品，就拿來運用吧！真的還是不夠的話再來跟我申請！」

順了一口氣後又繼續表示：

「再來想讓牆壁等等有木紋的話，用學校的大型印表機就能製造出簡單的壁紙，價格也便宜！跟紙箱組合起來後也能製成和風的間壁！用來點綴的裝飾用扇子、簾子、坐墊等百圓商店都買得到，去那邊買就可以了！」

在腦袋裡復甦的，是社畜時代營設活動會場時的記憶。

我們公司完全不出錢，卻每每對我提出「準備在會場前面的看板！要超華麗、引人注目而且質感很棒的！」或者「活動攤位太單調了！你想辦法讓它有點祭典的感覺！」等等強人所難的要求。

每次我都得邊哭邊用在百圓商店湊齊的素材、裝飾品、簡易藝術氣球與摺紙進行現場的設置與裝飾，不過那個時候的知識現在似乎派上用場了。

「還有赤崎想要的木材呢，自己打電話到各木材行或者居家修繕中心去問有沒有免費拿取的廢木材！有點髒汙的話用銼刀磨平就能多少變漂亮一點！」

我的一連串低預算提案讓在場所有人愣了幾秒鐘——

最後筆橋他們就發出興奮的聲音。

「哦……哦哦……！新濱同學，好棒的建議！這樣的話確實低預算就能完成！」

「對喔百圓商店！到大型店鋪去的話確實什麼都有賣！」

「大型印表機就是影印上課用大張紙的那個嗎！原來如此！」

「咦，修繕中心可以拿到免費的木材嗎！哇啊真的假的！」

原本垂頭喪氣的眾人再次有了活力，反而是反對派的眾人以帶著「可惡，為什麼要多事！」含意的眼神瞪著我。

抱歉了。我是學生時期充滿懊悔的男人，基本上是站在努力享受青春的傢伙們這一邊。那麼，接下來就是該如何提振這些反對派的士氣了——

「新濱同學，可以打擾一下嗎？昨天跟你提過的關於章魚燒的新口味……啊，抱歉。你們正在談事情嗎？」

因為調理班的事情而來跟我搭話的紫条院同學，察覺我正在跟裝飾班的眾人討論事情後就不再說下去。

「啊，沒有啦，討論了一下裝飾班的新點子，不過大致上結束了。好像說要照這張構圖來裝飾。」

「咦？這是……哇，太棒了吧！是客人一看會覺得不是教室而是在『店裡』的優良設計！」

受到全校公認第一的美少女如此稱讚，裝飾班的男生們都露出靦腆的笑容，反對派的四個男生則是一臉尷尬。

「啊，但是……製作起來應該很辛苦吧。」

紫条院同學很擔心般這麼呢喃著，當我準備說明正因為這件事發生爭執時——突然就想到一個計策。

「嗯，不過裝飾班好像說所有人要拚命完成它。對吧，你們幾個？」

「什……！咦，沒有啦，那個……！」

我把話頭丟到反對派幾個傢伙身上，他們就露出明顯的慌張模樣。其實是想說別擅自決定，但在校園偶像如此稱讚的狀況中，應該很難說出違反她期待的發言吧。

「哇，是這樣嗎！大家都很有幹勁，實在太了不起了！這種時候能夠好好努力的人真的很帥呢！」

紫条院同學帶著由衷讚賞的欣喜發言與笑容，讓所有反對派成員都紅著臉頰為之著迷。這下子他們一定不會背叛她的期待了。

「那……那個……哈哈哈！是……是啊，這點小事對我們來說根本不算什麼啦！」

「是……是啊！我們正在說要拿出一點真本事來了！」

就連反對派都一瞬間改變態度。

頓時有種男孩子真是太可悲了的感覺。

「喂，咦咦咦咦咦咦咦？我們都吵那麼久了結果一瞬間淪陷？不……不愧是紫条院同學！這就是所謂的貓咪愛木天蓼，男生愛巨乳嗎……！」

「筆……筆橋同學，妳在說什麼啊！」

筆橋感嘆著阻礙竟然瞬間消失，而不喜歡情色發言的紫条院同學則是紅著臉頰按住胸部。

很好，總之這樣事情應該就解決了——當我這麼想的時候。

「風見原跟新濱！抱歉！有點事情要拜託你們！」

有著健壯體格的短髮男生，棒球社的塚本突然來到我們身邊。

「關於顧攤位的班表，我好像只有這個時間才能跟女朋友一起逛校慶！真的很不好意思，可以幫我空下來嗎！拜……拜託了！」

「嗚哇……和女朋友進行校慶約會，是在對單身者炫耀嗎？的確很讓人嫉妒就是了。」

喂喂，風見原！雖然能懂妳的心情但別老實地把感想說出來啊！

（不過這下頭痛了。塚本的班表空下來的話，要填誰進去呢——）

「新濱同學！想想辦法啊！」

第六章
能者多勞

還沒有空思考該怎麼辦，就又有其他女生快哭出來般跑到我們這裡。

「野呂田同學一直嚷著『好累、好累』，完全不動手幫忙啊！稍微抱怨一下就立刻從教室逃走……該怎麼辦才好呢？」

什……那個傢伙還在說這種話啊！這樣的話——

「新濱啊！餐券要怎麼製作？我對電腦是一竅不通！」

「抱……抱歉！找不到採買的收據了……！」

等一下啊啊啊啊啊啊啊啊啊啊啊！

在一個問題解決之前，同學們就又帶來新的問題……！

不行……這是上輩子發生過的恐怖記憶，現場崩壞的徵兆。

每個人都具備「沒時間了得快點準備」的意識，但也因此而著急讓現場產生混亂。

原本以為決定攤位的話就能成為紫条院同學期望的校慶而放下心來，沒想到竟然有這麼多問題……！

真是的——看來只能拿出真本事了！

我會盡量使出前社畜的各種技能……！

＊

隔天——校慶準備作業的時間。

為了跟校慶的各準備班溝通，我站在講桌前面對班上同學。

「那麼，現在開始會議。議題是關於昨天大家一起丟出來的大量要求與商量。」

以冷漠表情如此說道的風見原雖然帶有「一次就商量那麼多事情到底想要我怎麼辦？你們是笨蛋嗎？」的含意，但還是平淡地宣告會議開始。

結果——

「那……那個！真的找不到收據，該怎麼辦才好？不會要我自掏腰包來負起責任吧？」

「因為私事拜託你們真的很抱歉！但女朋友很期待能一起逛校慶！拜託調整一下我的班表！」

「新濱啊！昨天按照你教我的打電話給很多家木材行與居家修繕中心，但能免費拿到的好像只有小的木材！有沒有什麼好的點子？」

除了瞬時進入耳朵的幾道聲音外，教室裡也有許多商量與要求像雪崩一樣朝我壓過來。大家似乎都看見昨天我幫忙解決裝飾班的爭執，形成了一股「有什麼困難就找新濱」的空氣。

（就算是這樣也別全部擠在一起啊……！我有三頭六臂嗎？）

「情況一發不可收拾……也不是什麼胡言亂語，所以沒辦法直接忽視。」

「嗯，感覺正因為大家都拿出幹勁快速進行作業，才會一口氣出現這麼多細節的商量。」

此時已經是太多人發言根本聽不懂在說些什麼的狀態，講臺上的我們開始小聲交談起來。

「是啊，如果能夠有更多時間準備就好了……但光是決定攤位內容的會議就愚蠢地花了一大堆時間果然造成很大的影響。」

喂，別一副事不關己的樣子好嗎……

雖然關於這件事情風見原同學似乎也認真反省過了，但是她實在太過我行我素，到現在都無法解讀她的感情。

「那麼現在該怎麼辦？要像區公所的窗口那樣發號碼牌嗎？」

教室內已經是七嘴八舌的狀態，確實很想要他們照順序來。

不過……商量的內容昨天大概都聽過了。

「不用了。我已經準備好所有的回答。」

「什麼……？」

「大家先安靜一下！我會依序回答大家的問題！」

因為思考大量案件的對應方法，腦袋雖然疲憊不堪，不過還是努力打起精神來大聲這麼說道。

可惡啊，原本以為這輩子不會再出現這種加班造成的疲勞了！

「不過，在這之前……野呂田，你現在好像無事可做，就拜託你負責拍照嘍。」

「啥啊？為什麼要我……嗚……」

野呂田原本打算抱怨，但在班上同學冰冷的視線下閉上嘴巴。

在如此忙碌的班級中還想打混摸魚的傢伙當然會受到這樣的對待。

「拍的照片之後將貼在教室後面或者發給大家。要是張數太少或者太多模糊照的話會被大家噓到死喔。你可要好好加油啊。」

「嗚……你這傢伙……可惡，知道了啦……！」

我交代完很難偷懶的工作之後，野呂田就心不甘情不願地點了點頭。

被班上所有人用責備眼神注視似乎是很痛苦的一件事。

很好，先解決一個問題了。

「那麼現在要進入主題了。首先，關於餐券的製作，我已經先設計好格式了，就用那個吧！然後不清楚大型印表機的使用方式這件事，我把印刷設定寫下來了，按照上面的順序就沒問題！說起來呢，電腦方面有不清楚的事情就去找電腦社的山平銀次商量！」

「咦！喂，別把事情丟給我啊！」

「選擇免費素材然後影印對你來說只是小事吧！真的不行的話就來跟我說，目前先拜託你了！」

「嗚……嗚嗚嗚……啊啊真是的，拿你沒辦法！」

抱歉銀次。這個班上對於電腦有一定程度了解的，除了我之外就只知道你一個人。雖說對我們這樣的陰沉角可能有點辛苦，但只能靠你了！

「那麼下一件事！收據弄丟的傢伙拿發票出來就可以了！連發票都沒有的話，就盡可能正確地調查出買什麼東西花了多少錢，寫在紙上後交出來！如此一來這次應該就有辦法處理，今後絕對不能再弄丟！」

這時我叮嚀的不只是弄丟收據的學生，也包含在場的所有人。

在公司的話，弄丟收據確實有可能得自掏腰包。

「關於赤崎的看板用木材，如果只能獲得小的木材，那就試著以木工用釘書機連起來合而為一！不過，做很大的話要注意不要發生看板倒下來或者掉下來造成別人受傷的情形！」

「喔喔喔喔！原來如此，組合嗎！聽起來很有趣真是太棒了！」

「那麼接下來是——」

我對赤崎願意接受這個辦法感到安心，同時不斷地處理案件。

但是並非想做那個、想買這個的要求都有解決辦法，辦不到的要求就不斷地駁回。想完成所有人的願望將會沒完沒了。

「因為社團攤位還是其他因素而有預定的人，在明天放學前向風見原同學或者是我報告！要利用電子試算表製作班表來確定不會開天窗！基本上不接受突然更改預定！」

絕對不能在中途提出唐突的變更預定要求！

沒有比突然變更班表更讓管理排班者更想哭的事了。

「還有關於店內系統上的管理……我製作了指南！內容是教室內的配置圖、餐券與支付系統、點單的流程、收據的張貼方式……以及其他各種事情！有不清楚的地方就先參照這本指南！」

（…………嗯？）

結束大致上的說明後倏然環視了一下教室，剛剛七嘴八舌的班上同學們，不知道為什麼全都愣愣地看著我。

似乎受到相當大的衝擊般一起瞪大了眼睛。

（……怎麼了？大家為什麼出現這種反應？）

對這種模樣感到奇怪的我依然把和風章魚燒喫茶店的店員指南手冊發下去。眾人以緩慢的動作接過手冊後就幫忙遞到後面的位子……然後所有人臉上啞然的表情就隨著翻閱頁面而變得更加深刻。

（怎……怎麼回事？到底是怎麼了？）

「嗚哇……這是什麼連雞毛蒜皮的小事都標示得相當清楚的手冊。點菜的覆誦和訂單的傳達方式、金錢的保管方法……甚至連客人引起騷動時的對應都寫了……」

站在我身邊的風見原不知為什麼發出了難以置信的聲音。

「噢，只是把提案階段的計畫資料裡有的內容整理得比較容易閱讀一些。負責接待客人與負責會計的同學對這方面不太清楚而感到困擾，所以就試著整理出來。」

「咦……從提案階段就考慮到這麼多事情了嗎？」

「咦？為了不被駁回而預測可能的麻煩及其對應方法，從企劃階段就顧慮到各方面不是理所當然的嗎？不然不是會被痛罵『這裡不行！』、『這個部分有缺陷！』、『怎麼可能採用這麼多缺點的提案！這個沒用的傢伙！』嗎？」

「怎麼可能會痛罵你呢。真是的……在新濱同學心中，這個班級到底是內心多麼扭曲的集團啊。」

沒有啦，那個……我也不認為班上同學會這麼毒啦，只是不想得周全我自己就沒辦法冷靜下來。

怎麼說我都在內心極度扭曲的集團裡待了十二年啊。

因為我不是什麼很有能力的社員。因此養成為了不挨罵而檢討各種要素，並且確實做好事前準備的習慣！

「那麼……這樣大致上應該都回答完了。還有什麼新的問題的話現在快說吧。」

我環視教室後，果然所有人都翻閱著發下去的手冊並且保持沉默。

怎麼了？怎麼好像受到莫名衝擊的樣子……

「那個……新濱……」

「嗯，怎麼了塚本？」

寂靜當中，緩緩發出聲音的是棒球社的塚本。

怎麼了？已經調整過班表讓你跟女友有約會的時間了喔？

「你這傢伙……太厲害了……」

「啥……？」

完全出乎意料的發言讓我瞪大眼睛。

太厲害了……？哪裡厲害？

「沒有啦……因為冷靜下來一想，我們都擅自對你提出了一大堆要求與商量對吧？結果你卻……一天就能全部做出對應……一般來說應該做不到這種事吧……」

「嗯……昨天裝飾班的事情請他幫忙時我就覺得他很厲害了……雖然實在沒辦法的事情會駁回，不過可以知道不論哪個願望你都盡量試著讓其實現並幫忙思考各種對策……」

這時連裝飾班長筆橋也像是表示同意般說出對我的稱讚。

這難道……都是對我說的嗎？

「這本手冊的完成度太高了……明明比我打工地方的待客手冊還要厚卻很好懂。」

「提案攤位內容時的說明我也覺得很厲害……沒想到新濱同學變得如此可靠……」

班上其他同學也不斷對我說出「太厲害了」。

我有點無法理解這樣的狀況。

（我……被班上的同學誇獎？）

這是我從未體驗過的事情。

在國小、國中、高中等學校生活裡，我的價值一直都是零。

功課與運動都不好，害怕與他人相處老是縮成一團的男孩子就算在不在都無所謂，可以說是隨時可以忽略的存在。

所以雖然曾經體驗過被取笑、無視以及瞧不起——

但從來沒想像過會有被稱讚「好厲害」的情境。

（……唉，真是的……第二次的人生總是會發生完全沒預料到的事情……嗯？）

我的視線突然停在坐在教室後方位子的紫条院同學身上。

我受到眾人稱讚的這個狀況讓她露出滿臉笑容，像要表示「看吧！」一般以可愛的驕傲表

第六章

能者多勞

情挺起了胸膛。

……雖然不清楚她的意圖，不過看起來似乎很得意。就像喜歡的冷門漫畫開始在網路上受到好評時我臉上出現的表情。

算了，先不管這件事──

「哈哈……沒想到會獲得這麼多人的稱讚。謝謝大──」

意料之外的讚賞多少讓我感到有些害羞，當我準備道謝時──

「……不過，那個……這份詳細過頭的手冊讓我感覺到像是執念的東西，真的有點恐怖……實在不敢相信一天就能製作出來……」

「嗯，雖然真的很感謝……不過，那個，一天就能對應如此多的要求，好像厲害到有點變態了……」

「總有種……很恐怖的感覺……當然是很厲害沒錯啦……」

喂喂，等等啊啊啊啊啊！別突然就把梯子抽掉好嗎──！

「有必要說這些嗎？要稱讚的話就要支持到底啊啊啊！」

我對著露出參雜感嘆與驚恐這種複雜表情的同班同學們這麼大叫。

▶第七章◀ 春華的挑戰與情書

開始校慶準備的第六天。

到了已經成為每天慣例的放學後攤位準備時間，我們在教室內將桌子合併起來的簡易廚房前面集合。

現在要開始的是調理班的章魚燒實際演練。

準備食材與麵糊的順序以及當天實際烤好提供給客人的流程。先熟悉這個流程是相當重要的事，因此調理班與裝飾班都一起確認便是這次練習的重點。

「那……那麼，就由我來實際演練！請……請……請仔細看好了！」

站在中央如此宣布的是調理班長紫条院同學。

制服上穿了白色圍裙，以髮圈綁起長髮的模樣看起來很賢慧，讓許多男生感到心癢難熬。

但是外表雖然看起來美麗，不過她本人其實緊張到讓人覺得有點可憐。

身為校慶實行委員顧問而站在紫条院同學身邊的我，可以感覺到她除了聲音之外連身體都微微地在發抖。動作是僵硬到了極點。

（果然……不習慣站在一大群人的中央……）

一對一的話，紫条院同學不論是初次見面還是男生都能以一顆天真爛漫的心與直率的態度與其對話，但為了避免被一部分女孩子敵視，紫条院同學大概從孩提時期就躲避著像這種受到注目的職務吧。

也就是說……她應該很不習慣指導以及率領其他人才對。

「那個……紫条院同學，真的很不習慣的話就換人吧？」

平常總是帶著溫柔笑容的少女現在緊張到流汗的模樣讓人不忍卒睹，於是我便如此呢喃。由於周圍相當吵雜，其他人應該聽不見我的聲音。

「不……不用……很感謝你的體貼。但自己決定的事情要自己完成。不然的話，我能辦得到的事情就不會增加了……！」

穿著圍裙的少女以發抖的聲音堅定地描述著自己的心情。

然後——我就看見了。動人少女的眼睛深處，帶著平常的紫条院同學所沒有的，可以稱為挑戰意志的精神。

雖然不清楚她為何要開始這種希望能讓自己有飛躍性成長的挑戰……但對這種尊貴的決心澆冷水絕對是不知好歹的行為。

「知道了。那就好好加油吧。嗯，如果失敗的話……」

「失敗的話……？」

「就以燦爛笑容表示『剛才那是錯誤範例的演練！』就可以了。」

「噗……！」

或許是被戳中笑點了吧，紫条院同學噗哧一聲笑了出來，身體還不停地抖動。

其實我不是在開玩笑，以紫条院同學的可愛程度，我是真的認為那麼做應該就能把事情帶過去……

「謝謝你，新濱同學。那麼，我要開始了……！」

可能是順利緩解緊張了吧，紫条院同學的身體不再發抖，再次充滿著活力。

首先把燙過的章魚放到砧板上，接著拿起菜刀——

（話說回來……紫条院同學做菜的技術不知道怎麼樣？）

自願擔任調理班長時說過「會做一點菜」，但要說不擔心大公司社長家的大小姐這種富家女的料理技能那就是在說謊。聚集過來的班上同學似乎也有很多人抱持著跟我一樣的擔心，臉上露出有些不安的表情。

（哦哦……？）

但是——就像要趕跑周圍七上八下的心情般，紫条院同學的菜刀確實地動了起來。像是反應本人一板一眼性格般動作相當謹慎，章魚被切成大小極為平均的塊狀。

在所有人臉上轉變成佩服表情的情況中，紫条院同學混合麵粉與蛋汁等材料做成章魚燒的麵糊，以揉成一團的餐巾紙確實地在加熱過的章魚燒機上抹一層油。這是理解此時要是太過隨便將會讓麵糊黏在鐵板上的動作。

接著加上章魚、天婦羅花後開始滋滋地烤起章魚燒。她似乎很清楚麵糊的熟度，烤出來的顏色相當漂亮。

「然後再加上海苔粉、柴魚片以及醬料來調味……好了，完成了！」

把完成品放在紙盤上給周圍的眾人觀看後，大家都為她的技術發出了「哦～」的讚賞聲。

紫条院同學的臉頰因為眾人這樣的反應而略為泛紅，不過看來對自己的表現很滿意。

擦拭濡濕額頭的緊張汗水，對順利完成自身挑戰露出滿足笑容的模樣充滿著炫目的活力。

「辛苦了，紫条院同學。妳的示範真是太完美了。」

身為顧問的我也對剛才的實際演練讚不絕口。實際上那種重視正確與仔細的動作確實能給大部分沒做過菜的調理班成員很大的參考。

「是的，總算是完成了！啊，對了！再來就是味道，身為這個攤位提案者的新濱同學可以幫忙檢驗一下嗎？」

「咦？嗯……嗯，這是小事一樁……」

結果變成由我來試吃紫条院同學的章魚燒，這時周圍的男孩子都以羨慕的眼光看著我。

話雖如此，眾人似乎也認為讓舉辦那場章魚燒試吃會的我嚐嚐味道是理所當然的事，所以沒出現什麼抱怨——

「謝謝！那麼請嚐嚐看吧！」

「「「！」」」

一瞬間，全班出現劇烈動搖。

也難怪他們會那樣。因為紫条院同學不是把紙盤遞給我，竟然是把用牙籤插著的章魚燒靠近我的嘴邊。

也就是說……是所謂的「啊～嗯♪」狀態。

（等等，不是吧，那個……！雖然很高興，真的超級高興……！但全班幾乎都在看，這樣實在太害羞了吧——————！）

帶著一臉平穩笑容的紫条院同學應該沒有想太多，也不清楚帶給周圍的驚愕以及我幾乎快從臉上噴出火來的羞恥。是把零食分給朋友時那種極為純粹的親近感驅使她做出這樣的行為。

（好害羞……雖然很害羞！但絕對不願意這時拒絕試吃讓紫条院同學出現傷心的表情！最重要的是，高興的心情還贏過羞恥感……！）

我耗費來到這輩子後最大的精神力，在眾人環視中把紫条院同學遞過來的章魚燒吃進嘴裡。至於味道……嘴巴和舌頭似乎說著很美味，但因為腦袋快要爆炸而完全無法認知這些情報。紫条院同學就像是我深深為之著迷的偶像一般，結果這名少女拿親手做的料理對我做出「啊～嗯」的未知行為，這已經讓我的腦袋與臉龐都紅得像煮熟的章魚一樣。

「……嗯……嗯，麵糊整個熟透了，很好吃喔。」

「呼，聽你這麼說我就放心了。不過讓家人之外的人吃自己做的菜真的有種新鮮的感覺呢。」

面對羞紅了臉好不容易才做出回答的我，紫条院同學露出了開心的笑容。

倏然往周圍一看，發現男孩們正以參雜著怨懟與殺意的視線看著我。

紫条院同學的天真無邪是眾所皆知，每個人看來都了解這次的「啊～嗯♪」是源自於她那種天然呆的個性，即使如此似乎還是無法抑制流下血淚般的羨慕與悔恨。

但他們的反應根本不重要，我還是把意識放在紫条院同學身上。

或許是完成實際演練讓她很高興吧，穿著圍裙輕輕雙手握拳的紫条院同學看起來非常可愛。看見她滿足的模樣，自己的內心也跟著感到溫暖——到現在仍處於羞恥狀態的我發現到這件事。

*

第七章

春華的挑戰與情書

（呼……終於可以鬆口氣了……）

早晨班會前的喧囂當中，全力投入校慶準備而疲憊不堪的我正讓身體休息而茫然望著教室。

準備期間也所剩無幾，裝飾班、調理班以及業務進行都相當順利。

結果一開始沒什麼幹勁的傢伙們也慢慢願意幫忙，現在這個時間也有很多人正在討論需要調整的細節。

昨天看見在教室內拚命貼著壁紙的四個男生時真的嚇了一大跳。

因為他們是筆橋同學等人提出教室的裝飾案時，毫無幹勁地表示「很麻煩所以不願幫忙」的反對派人馬。

原本以為是紫条院同學的魅力所造成的效果——

「啊……那個，就是原本以為麻煩的打掃工作，親身下去做後也會覺得有趣對吧？而且整個班上都相當投入這次的校慶，只有自己置身事外就像是失去了什麼……」

實際跟他們談過之後，他們就露出尷尬的表情對我表露心情。嗯，簡單來說就是「大家一起作業其實很快樂」。

像這樣慢慢幫忙然後越來越熱絡的氣氛讓我感到很愉快。直接感受過去只能在遠方觀望的青春熱氣，讓我有種原本一直無法獲得的物品終於被我得到了的感慨。

（這種感覺真的很棒耶……嗯？這是什麼？）

當我沉浸在安穩的心情之中時，從桌子裡突出的某樣物品就碰到我的手。

了解是不曾見過的信封被塞在裡面後，我就把它拿出來。

（…………？到底是什麼東西？）

信封裡面是一封信，但沒有任何關於寫信者的記述……只用看來是女生的筆跡簡單地寫著「放學後在中庭的長椅前等你」。

我凝視著這封信三秒鐘——

（什麼嘛，惡作劇嗎？）

然後就把它揉成一團丟進講臺附近的垃圾桶裡。

*

放學後，我以有些興奮的心情走在校園裡。

因為我接下來要去採購校慶所需要的物品，然後紫条院同學也突然要跟我一起去的緣故。

至於為什麼會變成這樣，起因是來自於風見原。

「或許是偏見，但是讓男孩子獨自去購買大量食材會覺得有點不安……為了不發生奇怪的

第七章
春華的挑戰與情書

買錯事件，還是讓調理班長紫条院同學跟你一起去吧。」

眼鏡少女如此說道，紫条院同學也很乾脆地答應，於是事情就這麼決定了。

風見原不知道我平時就有做菜，以為我是只會烤章魚燒的男人才會出現這樣的擔心，但我沒有提出抗議。能夠跟紫条院同學一起去購物的話，那對我來說就是一種幸福。

（那個……她說要先去跟調理班交代一些事情。會合的地點是……校舍的入口……）

校舍內所有地方都因為校慶的準備而變得難以通行。

尤其是校舍的一樓更是相當混雜，想盡辦法要抄捷徑的我踏入中庭。

「等你好久了，新濱。」

「咦……？」

突然被叫到名字的我移動視線，就看到中庭長椅的前面站著一個女學生。那是將輕柔頭髮綁成側馬尾，容貌相當端正的少女，身上散發出一股成熟的氣氛。

嗯嗯……？這是誰啊？至少不是我們班上的學生……

「我是隔壁班的坂井。因為有事想告訴你，才會拜託朋友偷偷把那封信放到你的桌子裡面。」

「信……？啊……」

閃過腦袋的是今天早上出現在我桌子裡的信件。

因為沒有寫信者的姓名，所以認為是惡作劇立刻就把它扔掉了……不過上面確實寫了放學後在中庭的長椅前面等我。

「新濱……我喜歡你。我們交往吧。」

（…………………啥？）

被這樣告白後，我的腦袋陷入極度混亂的狀態。

（這……這是怎麼回事？那封信不是惡作劇嗎？）

還以為絕對是這樣，我是偶然經過作為碰面地點的此地，不過真的有名為坂井的女孩子在等待而且還說喜歡我。

難……難道，這個女孩子真的喜歡上我了……？

（……等等，不可能吧。）

一瞬間處男的思考閃過腦袋，但理性立刻加以駁斥。

（根本沒跟這個女孩子說過話……雖然露出相當豔麗的表情但沒有任何緊張感。實在不認為她對我有好感。）

但這樣的話，這種狀況就真的讓人搞不懂了。

（不會是……強制告白的懲罰遊戲吧？坂井是被霸凌，命令她跟完全不喜歡的人告白？）

如果是這樣的話，就必須想辦法處理對坂井做出惡劣命令的傢伙了。

「啊……坂井同學？如果不嫌棄的話……」

如果不嫌棄的話，我或許能幫得上忙——當我準備這樣繼續說下去的時候。

「呵……噗噗……」

「咦？」

「啊哈哈哈哈！還說『如果不嫌棄的話』！這傢伙當真了嗎！」

突然大笑起來的坂井，讓我越來越搞不懂狀況而產生混亂。

「嗯，看到了看到了！真是太好笑了～！」

「什麼都不知道只是露出一臉蠢樣！」

對坂井的笑聲產生反應，躲在校舍後面的與幾個男女生走了出來而且哈哈大笑著。那是貶低他人的傢伙特有的低級笑聲。

「我會向你告白？怎麼可能啦！」

（……啊，原來如此！這是『假告白』嗎！偶爾會在漫畫裡見到的那個！）

終於弄懂原本意義不明的狀況，我在心中用拳頭敲了一下手掌。

就是女孩子對不起眼的男生假告白，然後躲在一旁的傢伙享受其害羞又欣喜模樣的那個。

（唔唔嗯，實在無法預料到真的會有人做出如此愚蠢的惡作劇……太小看閒閒沒事的高中生了。）

「哎呀，真是傑作！被坂井告白後整個人慌了手腳耶！」

「喂喂，坂井妳也太早笑出來了吧！很想仔細看看會錯意的這個傢伙最後會說出什麼答案啊！」

「啊哈哈哈，抱歉抱歉！看見這個灰暗男認真煩惱該如何回答就忍不住了！」

等等……我只是因為搞不清楚狀況而混亂，還有擔心「坂井會不會受到霸凌而被迫接受處罰？」，根本沒考慮到回覆告白的答案……

「哎呀，不過真是太好笑了。新濱，你真是太精彩了！哈哈，告白是假的似乎讓你大受打擊啊！」

（我從剛才就完全沒講話，為什麼這幾個傢伙會這麼開心啊。）

這些傢伙的腦袋裡，我的心臟已經因為告白而加速並且樂壞了，然後現在因為知道告白全是謊言而茫然自失，但這跟事實完全不符。

「咦……？這不是土山嗎？」

仔細一看之下，現在嘲笑我的是班上的土山。我在做校慶攤位的簡報時數次找我麻煩的男人，是個從平常就很在意校園階層的傢伙。

第七章

春華的挑戰與情書

（哦……周圍的傢伙是這傢伙所屬的集團嗎？）

朦朧記得看過幾次他們跟土山混在一起。幾個男女生經常一起去ＫＴＶ和遊樂場，屬於喜歡在街上鬼混的集團。

「嗯，是我喲。喂，新濱，你知為什麼會被擺道嗎？」

「不知道……」

「其實是我的點子喲。就想拿最近太得意忘形的你來玩一玩。」

是說你這傢伙翹掉校慶的準備工作到底在做什麼？

土山不知為何很得意般這麼說道。

話說回來怎麼又是「得意忘形」啊！這句話也太方便了吧！

「你這傢伙最近真的很自大。明明躲在角落偷偷過生活就可以了，卻突然到處交朋友，還突然變書呆子、出面主持校慶……少自以為是了。」

「所以我才會被拜託擔任告白者。我本來就討厭得意忘形的傢伙了。」

（啊……原來如此。還在想為什麼對這些傢伙沒什麼印象，他們是二軍啊。所以才對像我這樣的三軍受人注意感到害怕。）

他們雖然隸屬於有實力的集團，但是占據中心的是被稱為一軍，發言受到重視的學生。然後身為二軍的他們甘居跟屁蟲與馬屁精的角色，只會一味地吹捧一軍成員。

即使只是這樣的存在，隸屬於實力集團這個事實仍讓他們產生特殊階級意識，藉由瞧不起比自己「低下」的階層來獲得安心。

在這樣的情況中，三軍的我受人矚目應該讓土山感到害怕了吧。

要是比自己還要「低下」的人階層的提升獲得承認，將無法再安心地瞧不起「下面」的人。所以才會求伙伴幫忙，為了自己能夠安心而想到要陷害我並加以嘲笑來居於上位。

「說起來呢，真以為像我這種超可愛的女孩子會理你這種人嗎？」

「哎呀，別這麼說嘛。跟平常與女孩子玩在一起而有許多美好回憶的我們不同，這傢伙是身邊連女生的影子都沒有的可憐傢伙啊。」

「嗯，誰教他是陰沉的阿宅。一定是一輩子交不到女友的寂寞傢伙。和我們這種吃得開的人不一樣——」

「啊，新濱同學！你在這裡啊！」

突然間聽見悅耳的開朗聲音，我因為這種無聊到死的對話感到疲憊的腦袋瞬間得到治癒。

那個甩著烏亮秀髮不停朝我這裡靠近的動人美少女絕對是紫条院同學不會錯了。

「真是的，你一直沒來碰面的地方，我找你好久了！」

「啊……嗯，抱歉。」

「雖說目的是去採購，但是我很期待喔！想盡情談談之前一起回去時聊到的輕小說推出的新集數，我很珍惜跟新濱同學說話的每一分每一秒！」

應該是累積了不少輕小說的話題吧，紫条院同學難得以強烈的口氣這麼說道。

然後她那種微瞋的表情看起來就像小狗狗生氣一樣可愛。

「咦……紫……紫条院同學……？為什麼會跟新濱……？」

「說是一起回家……」

校園第一美少女突然的闖入，讓剛才極度瞧不起我的傢伙們同時露出茫然的表情僵住了。

「咦？那個，同班的土山同學還有……其他好像是別班的學生，你們怎麼了嗎？」

「咦……啊……沒有……」

「那個……嗯……」

被如此一問後，土山與其他男學生都開始吞吞吐吐地說不出話來。似乎是紫条院同學的美貌突然出現在眼前讓他們沒辦法好好地說話。

「？沒什麼事的話，我們還有別的地方要去就先告辭了。接下來我們準備要度過快樂的兩人時光！」

「放……放學後兩個人一起……！」

「度過快樂的兩人時光……咦……？」

雖然超級天然呆的紫条院同學不斷說出容易讓人誤解的發言，不過我們當然只是要去採購校慶的物品，紫条院同學所說的「快樂時光」應該指的是路途上的輕小說討論吧。

但是土山等人並不知道這件事，所以聽起來就像期待接下來放學後的約會一樣，所以因為受到太大的衝擊而露出失了魂般的表情僵在現場。

「嗯，就是這樣。那麼我要走了。」

繼續跟這些傢伙說話也沒有意義，既然紫条院同學如此期待的話，哪有時間繼續拖拖拉拉下去。

「不可能……怎麼會這樣……」

準備離開的我，聽見背後傳來對我假告白的坂井發出的聲音。

「你是『下層』的人吧……為什麼能跟這種『上層』的女孩………！」

那不是單純來自於火大產生的焦躁，而是宛如詛咒一般的聲音。

「對啊……到底為什麼……」

像是被她的怨恨勾引而出一樣，待在旁邊的土山也從嘴裡丟出詛咒。

「為什麼要引人注目！為什不秤秤自己的斤兩！像你這樣的阿宅，應該畏畏縮縮地討好我們這種吃得開的人就可以了……！」

因為紫条院同學登場而失去優勢的兩個人如此大叫。像是卡在內心深處的某種感情受到刺激一般，自身散發出悲哀的氣氛來指責著我。

然後看見他們的模樣後……我大概就理解是什麼讓這些傢伙如此痛苦了。

（太過在意校內的階層而喪失了自我……以大人的眼光來看真的很可憐。）

學生時期的上下關係，其實在漫漫人生當中幾乎沒有意義。

但是在學期間就會鑽牛角尖，認為那是人世間的一切。

「……保持自己的地位給你們造成那麼大的壓力？已經到了不沉浸在鄙視低層的優越感中就撐不下去的地步？」

「「……嗚！」」

果然被我說中了嗎？坂井、土山以及在場的其他人全都露出咬破熊膽般的苦澀表情並且保持沉默。

「什麼上層下層的……就是因為太在意這些東西才會累到如此痛苦的吧？你們所謂的『下層』的人們單純只跟合得來的朋友混在一起，其實過得頗為開心喔。」

「「…………」」

土山等人低著頭沒有做出任何回答。

而我也沒有多說些什麼。

我就伴隨著無法理解我們所說的上層下層概念，而露出疑惑表情的紫条院同學快步離開那裡。

＊

「那個……土山同學他們找新濱同學有什麼事？」

從中庭前往校門途中，紫条院同學對我提出理所當然的疑問。

「噢，其實在那裡的那個叫做坂井的女生，對我說希望能跟她交往。」

「咦……」

或許這實在太超乎想像了吧，紫条院同學臉上的表情消失了。

「說是這樣，但根本不是真的而是惡作劇。主要是想以假告白讓我露出開心的模樣再加以嘲笑。」

「那……那是怎麼回事！這是身而為人絕對不能做的事情！不能說是在開玩笑就算了！」

平常相當溫和的紫条院同學，這時加強了語氣來對人類的惡意做出指責。

胸中帶著正義的怒火，堅決地表示這是絕對無法允許的行為。

「嗯，但紫条院同學來了之後他們就變乖了。」

「咦……關我什麼事？」

「那是因為……妳是中層人士遠遠不及的上上層成員啊。」

「？」

看來果然不熟悉校園階層制度，只見紫条院同學歪起頭來。

「那麼，新濱同學你不要緊嗎？我要是被人包圍的話就會害怕到一整天胸口都很不舒服……」

「嗯，我不要緊。不是逞強是真的沒事喔。」

如果是前世高中時期的我可能會躲在棉被裡面哭，到了現在反而會替那些傢伙感到悲哀。可以的話甚至希望他們反省自己的行動，不要繼續在意校園階層這種東西，能夠自由地度過快樂的青春時光。

「那麼，我們去採購吧，紫条院同學。不快點去的話，回來的時候教室裡可能都沒人了。」

「那……那就麻煩了！我們快點走吧！」

我以半開玩笑的口氣這麼說完，紫条院同學就真的慌了手腳。我對少女如此天真的反應露出苦笑，同時朝著校外踏出腳步。

＊

「好……這樣就買齊了。沒有超出預算真是太好了。」

帶著紫条院同學走在步道上，同時在內心反覆檢查是否漏買了什麼。兩手拿著的紙袋裡面裝了從業務用超市買來的戰利品，也就是大量的紙盤、麵粉、柴魚片等食材／廚房用具。

「嗯，東西真的很便宜。我還是第一次去業務用超市，裡面有好多分量驚人的商品，真是太有趣了！」

跟我拿著同樣紙袋的紫条院同學，似乎對這個新鮮的體驗感到滿足。

「話說回來，外出採購真的很棒耶！穿著制服購物再回學校是平時絕對不被允許的事情，感覺好興奮喔！」

「我能懂這種感覺。有種非日常感對吧。」

「對對對，就是那樣！」

在前往業務超市途中，已經按照紫条院同學的希望熱烈地討論了輕小說，而在店內挑選食材時，我們的話題就很自然地轉到了校慶上面。

「不過原本擔心的教室裝飾應該也來得及了。班長筆橋同學辛苦到噙著眼淚，還說『裝飾這些辛苦到快要死掉了，開始覺得只用一天之後就要拆掉很不講理了……』然後要野呂田拍下大量的照片。」

「啊哈哈，確實是這麼說了！不過話又說回來了……野呂田同學原本好像不怎麼喜歡校慶，最近倒是很熱心地拍著照片。讓人感到有點意外。」

「噢，那全是託大家反應的福。」

我開始跟紫条院同學說明起事情的經過。

雖然把拍照的工作交給最會摸魚的野呂田，不過這怕麻煩的傢伙果然只完成最低限度的工作。因此我就從那傢伙拍的照片裡選出拍得好的來作為未完成的相簿讓任何人都能閱覽。

結果大家看見自己被拍到的照片就會興奮一陣子，對於留下活動的紀錄感到開心。接著就出現「如果能以這樣的構圖拍攝下來就太好了」的要求。

獲得這樣的「反應」之後，野呂田的態度就明顯變得更積極——意識也跟著產生變化。

他開始感受到自己工作的價值與意義了。

「太……太厲害了……這次的活動讓我看到新濱同學與人溝通還有解決問題的許多能力……想不到竟然連激起幹勁的方法都難不倒你……」

「沒有啦，如果野呂田真的是凡事都覺得麻煩的傢伙，最後應該還是無法改變他。我或許創造了改變的契機，但驅動那傢伙的是他自身的幹勁喔。」

我長年處於被使喚的立場，所以只是思考如果是自己的話在什麼樣的環境比較容易工作，還有要獲得什麼才能提起幹勁。以手法來說其實也了無新意，更不是什麼值得稱讚的事情。

「要說到厲害，調理班才真的厲害吧。大家都學會如何烤出酥脆鬆軟的章魚燒，而且還在不超出預算的情況下開發出新的口味。」

「是啊！大家都越來越熟練！新的紅豆口味也是大家試做了好幾顆後才決定的！」

看來調理班的成長讓她感到很開心，紫条院同學臉上浮現出燦爛的笑容。

我知道她一開始在指導眾人時固然相當緊張，但實際演練成功之後似乎就有了自信，之後就拚命地以口頭與動作來指導其他人。

雖然有許多希望能開發新口味的要求，但統整意見舉行試吃比賽，幫忙決定正式採用哪種口味的都是紫条院同學。

「但是……為什麼會自願擔任調理班長呢？我還以為紫条院同學都盡量避免擔任那樣的職位……」

「嗯，至今一直是這樣沒錯。」

紫条院同學靜靜地回答一直擱在我心裡的問題。

「正如以前跟新濱同學說過的，我總是被一部分女孩子討厭。尤其是擔任領導一些學生的職務時，無論如何都會受到矚目……然後很容易引起麻煩。」

這些我大致都預測到了。即使只是班長程度的職位，只要負起調整群體的任務，與所有成員的接觸就會變多，男生的注意力就會被紫条院同學奪走。看見這種模樣後，過去一定出現過嚷著「太得意忘形！」的女孩子吧。

「因此我一直都避開像這種待在集團內中心的職位。但是……託新濱同學的福，我知道不能再這樣下去了。」

「啥，咦？我嗎？」

「是的，因為看見新濱同學改變的模樣。」

紫条院同學對聽到自己名字而瞪大眼睛的我露出溫柔的微笑。

「新濱同學有了令人難以置信的變化。不過改變的只有說話方式與行動而已。即使看起來像另一個人，根本的性格還是沒有改變。」

走在我身邊的少女繼續說道：

「即使還是自己，只要改變思考方式與行動，就可以逐漸變得能夠做到至今為止認為沒辦法或者放棄的事情。看著新濱同學……我開始覺得這是很棒的一件事。」

長長黑髮在夕陽下的天空飄盪，紫条院同學又繼續編織話語：

「當然我沒辦法像新濱同學這樣突然就改變許多事情。所以我便想……先從自己開始行動做起。」

「那麼調理班長就是改變的第一步……？」

「是的。我希望這次的校慶能夠在最能貢獻自己力量的位置努力看看。雖然包含我擔心的事情在內，還是害怕各種麻煩……但即使如此還是想試試看，才會進行挑戰！」

以快活表情露出笑容的紫条院同學，在我眼裡看起來比之前更加有魅力。雖然未來面臨了悲慘的結局，但她絕對不是什麼心靈軟弱的大小姐。只要有契機與經驗，她就能持續變得更有魅力，成長為能夠應對任何事情的完美女性才對。

「啊，但是請別忘了！我會想擔任班長，除了像剛才所說的動機之外——」

紫条院同學宛如要表示千萬別忘了這一點般，以強調的口氣說道：

「想助為了校慶如此努力的新濱同學一臂之力的心情其實更加強烈喔！」

「……！」

瞬間把臉靠近窺看著我並且如此宣告的發言，讓我的心跳加快。

只能用楚楚動人來形容的少女跟我四目相交。

在意識遭到占領呼吸快要停止的狀態中，我的臉頰再次變紅。

「……紫条院同學。」

「是的！」

我感受胸口產生的甘甜疼痛並如此說著，紫条院同學則以完全不清楚我內心的模樣，元氣

第七章
春華的挑戰與情書

十足地做出回答。

正因為擁有這樣的純潔心靈，我的目光才總是會被她吸引。

「我……」

嘴巴違反了自己的意識擅自動了起來。似乎想說些什麼……但是我自己也不清楚到底要說什麼，只是宣告著自己的內心。

「那個……妳說想助我一臂之力真的讓我覺得很開心。再過沒多久就要校慶了，讓我們一起努力到最後吧……！」

我像要蒙騙自己動搖的內心一般加強了語氣這麼說道，紫条院同學在背對著染上紅蓮的夕陽下用力點點頭，以滿臉的笑容回應了我。

就這樣，校慶前最後的採購順利結束——舉行校慶的日子立刻就到了。

第八章 與妳共度校慶

校慶當天。

因為校外人士也能參加，所以校內是人山人海。

不論是本校學生還是外來的客人都一隻手拿著巧克力香蕉或者熱狗，開心地邊討論接下來要去哪裡邊走著，而且到處都能聽見攤位招攬客人的吆喝聲。

整座學校籠罩在喧囂之中，完全就是祭典的氣氛。

「話說回來……咱們的攤位真的變得很漂亮啊……」

突然來到走廊上望著自己班上，首先映入眼簾的是招牌。

將近兩公尺的木材是以木工用釘書機將大量木材片合體而成，不過為了不讓人一眼看出而加上塗亮光漆以及用砂紙磨平等手續。

然後揮灑在招牌上的是——「和風章魚燒喫茶ＯＣＴＯＰＵＳ」等幾個威風的毛筆字。

字跡真的非常之漂亮。

「店名也太直截了當了吧……」

「啊～那個嗎？好像是在討論店名之前赤崎同學就擅自決定並且做好了。」

回應我呢喃的，是總是元氣十足且掛著笑容的活潑少女筆橋。

以前其實沒說過什麼話，但她是透過借筆記以及校慶的會議而多少變熟了一些的成員之一，可以理解充滿朝氣且表裡如一的她為何會受到男孩子的歡迎。

「不只是赤崎同學，其他成員也都很努力～託大家的福，生意能夠如此興隆我也是非常感動！」

「嗯，大家確實做得很棒……」

我最初的計畫原本沒有打算在店裡的裝飾花費那麼大的勞力，等到真的決定推出攤位後班上同學們就興致勃勃地動了起來，完成不論任何人來看都得承認是相當高品質的江戶時代茶屋風臨時商店。

入口不只有豪華的看板，還有模擬瓦片的屋簷與門簾，地板還鋪著紅色毛毯來迎接客人。內部牆壁上貼著木紋、灰泥風格的簡易壁紙，竹簾、紗燈、紙氣球、紙鶴等小飾品也極有品味地配置在各處。

「不過生意也太好了吧……都客滿了。」

穿著祭典外衣戴上纏頭巾的調理班忙碌地烤著章魚燒，穿著浴衣的女孩子們與和裝便服的男孩們也忙著上菜，客人還是絡繹不絕地進入，看起來根本連喘口氣的時間都沒有。

「嗯，正如新濱同學的預測，商品跟其他班級沒有重疊，超幸運俄羅斯輪盤章魚燒也賣得很好。像那種遊戲般的食物，在祭典時果然很受歡迎。」

「但怎麼說都太多人了吧……？嗯，這當然是好事啦。」

「對啊對啊，本來就是好事！啊，還有一件業務聯絡要交代，塚本同學因為女朋友跌倒膝蓋破皮而衝到保健室去了，所以讓山平同學代班！」

「了解。嗯，只是小傷應該馬上就會回來了，也不會影響到那個傢伙的校慶約會吧。」

塚本從準備時期就很在意這件事了。以身為大人的觀點來看，還是希望他能在珍貴的青春時代留下美麗的回憶。

「校慶約會真讓人羨慕耶。這是只有一小撮高中生才能體驗的稀有活動。」

「真的很棒……有種青春正在爆發的感覺。」

雖然漫畫與動畫裡經常會看見，但現實生活中跟心儀的女孩子邊談笑邊逛校慶真的是很難實現的夢想。

「啊，還有第二件業務聯絡！風見原同學說現在要拜託新濱同學幫忙一下班表之外的工作。」

「哦……班表之外的工作……？是什麼事情？」

「我也反問『是什麼啊？』，但只得到『嗯，說起來就是謝禮』這種聽不懂的答案……好

像是說總之到玄關大廳去就有另一名幫忙的同學在那裡，希望你到那邊才詢問詳情。」

「我怎麼都沒聽說這件事……哎，既然如此我就去看看吧。」

「嗯，據她表示這對新濱同學來說是最重要的任務喲。」

越來越搞不懂了，不過總不能讓另一個同學一直等下去，我跟筆橋同學告別之後就前往一樓。

不過……到底是什麼事呢……？

＊

「啊！新濱同學！這邊這邊！」

「咦？紫条院同——」

對熟悉的聲音產生反應的我頓時說不出話來。

因為來到玄關大廳後迎接我的，是一名和裝的天使。

（浴衣……紫条院同學穿浴衣的模樣……！）

我承受著幾乎讓人失去意識的衝擊，著迷地看著她豔麗的樣子。

櫻花圖案的粉紅色浴衣增添了華麗的少女氣息，深藍色加上白色櫻花花紋這種讓人聯想到夜櫻的腰帶更是讓人留下深刻的印象。

長長的黑髮往上挽起綁成丸子狀，平常總是隱藏住的雪白後頸實在太過炫目。插在頭髮上那支以玻璃珠模擬紫藤花的髮髻也帶著一些成熟的氣息，看起來十分嬌豔。

（漂亮……實在太漂亮了……）

宛若小野小町的和風美人模樣，可以迷倒任何人。

劇烈的感動充滿胸口，讓我差點流出淚水。

「呵呵，跟媽媽提到校慶要穿浴衣，她就說『那就穿這件吧～？』然後把家裡的浴衣借給我……你覺得如何？」

「嗯，很漂亮……」

「咦……」

「太適合妳了，太漂亮了…………啊！」

發現完全著迷而變成粉紅色的腦袋直接把心聲從嘴巴輸出後，我的臉立刻變成一片蒼白。

糟……糟糕……腦袋終於因為紫条院同學太過可愛而變笨了……！

「那個，嗯……謝……謝謝你……」

或許是我在公眾面前說出做作的台詞讓她感到很不好意思吧，紫条院同學的臉頰變得比身上的粉紅色浴衣還要紅潤。

第八章 與妳共度校慶

抱歉，紫条院同學……連妳這種羞紅了臉的模樣我都覺得很可愛……

「那……那個！我聽風見原同學說有班上的事情要幫忙才會來這裡，紫条院同學也是嗎？」

「是……是的！正是如此！她說希望我們兩個人一人拿一根這個到處走來宣傳章魚燒喫茶店！」

我為了隱藏害羞而如此提問，結果紫条院同學拿給我看的是從剛才就拿在手上的標語牌。上面寫著「二年C班和風章魚燒喫茶店！共有五種口味！可外帶！」的簡單廣告詞。

（原來如此……絡繹不絕的來客數是紫条院同學在玄關大廳舉著標語牌宣傳的成果嗎……）

從剛才開始，不論是男性還是女性，集中在超豔麗的紫条院同學身上的視線數量都相當驚人。

雖說任用美女、嬰兒、動物是拍廣告的基本法則，但漂亮到這種地步的話，其效果果然十分強大……

「嗯？兩個人一起宣傳……？」

「是的！工作就是兩個人拿著標語牌在校園內到處走！她說也要積極走入設攤的教室去進行宣傳！」

…………咦？

我和紫条院同學一起邊看各種攤位邊在校慶會場到處走動……？

咦，等等，這不就像是……！

「啊，還有風見原同學說把這個交給新濱同學。」

「咦……？」

紫条院同學交給我的是一張摺疊起來的信。

產生動搖而內心一團亂的我接過信後打了開來。

「跟紫条院同學會合了嗎？是的，正如你所發現的這是校慶約會。班上的攤位原本會因為我的無能而變成跟垃圾一樣，全是靠你拯救了攤位，這算是一點小小的謝禮。請不用管宣傳好好地享受吧。」

等等，妳這傢伙——————！這……這這這……這到底怎麼回事！

「雖然最近覺得你們感情變得很好，不過目擊你們自己開讀書會真是嚇了一跳。雖然不清楚你們之間的關係到達什麼程度，但既然散發出那種親密的氣氛，我便判斷直接讓你們約會也沒問題才對。順帶一提，之前的採購找理由讓紫条院同學一起去也是我雞婆的行為。」

什麼……我跟紫条院同學的讀書會被看到了嗎！

而且之前的採購也是計劃好的嗎！

「因此這是以工作作為藉口的禮物，請慢慢地逛吧。呵呵，我作為實行委員雖然不怎麼樣，不過當邱比特也太過優秀了。」

信件的內文到這裡就結束了。

（啊啊真是的，什麼邱比特嘛……我們明明不是那種關係……）

有好幾件事想跟她澄清……不過，該怎麼說呢。

（說句老實話，這真的很開心……！）

天上掉下這像夢一般的禮物，讓我全身微微發熱而且心跳加快。

能跟裝扮與平常不同的紫条院同學並肩逛校慶。可以兩個人一起享受這個祭典的喧囂。光是這樣想，內心深處就充滿歡喜。

然後——發覺抱持的想法帶著跟以前不一樣的熱氣。另外，感覺到喜悅的同時，也能知道自己怦咚怦咚的心跳聲變得更大聲了。

對自己內心這樣的想法一瞬間感到不可思議，但這樣的思考隨即因為盈滿的繽紛心情而煙消雲散，臉上只是浮現出天真無邪的幸福表情。

風見原……妳這傢伙雖然笑著說「有工作能力比自己好的人站在前面擋箭實在是太感謝了。託你的福我才能待在像是祕書的位子上」，然後把指揮權全部丟給顧問職的我……但我原諒妳了！

「那個，風見原同學的信裡寫了些什麼？因為她說只有身為顧問的新濱同學才能看，所以我沒有看內容……」

「啊……啊啊！她說為了盡量將客人誘導到我們店裡，要我們代表班上拿著標語板到其他攤位進行突擊！但為了不被認為是妨礙營業，別忘了是以客人的身分前去參觀！」

「原來如此，那確實是很重要的工作！我也得好好努力才行！」

天真無邪的紫条院同學立刻相信了我的話並且提升幹勁。

嗯……真是太純潔了。

「那我們馬上出發吧！難得有這個機會，我也想到各個攤位去好好享受一番！啊，我一定要吃炒麵！」

穿著浴衣的美少女因為祭典的飄飄然心情而露出如花般笑容，讓看得入迷的我幾乎聽不見周圍吵雜的聲音。

「嗯，說得也是……難得有這個機會，好好享受一下吧。」

就這樣，我們就一起邁開腳步。

把標語板當成免死金牌，單純只為了享受這次的校慶。

啊啊，這一天——看來會跟上輩子不一樣，成為難以忘記的一天。

＊

一年C班的攤位「丟球打鬼」。

將五個棒球大小的球交給參加者，然後試著用球來丟中裝扮成鬼的學生，是相當典型的打靶類遊戲。

順帶一提用的是幼兒玩的球所以丟中也不會痛。

然後——特殊的地方是，這些鬼能夠躲避丟過去的球。

「可惡！快中啊啊啊啊啊！」

為了在紫条院同學面前展現帥氣的一面，以晨跑鍛鍊出來的肉體把球丟出，但穿戴著鬼面具與圍裙＋紅色全身緊身衣來扮鬼的男學生只用最小限度的動作就輕鬆躲開了。

「好了，那邊那個拿著標語板進來的學長！五球都沒丟中算失敗了！」

「可惡，也太難了吧……！根本沒打算把獎品送給客人吧！」

被負責廣播的女學生宣告失敗後，我終於忍不住如此抱怨。

明明鬼怪們有不能離開一公尺左右的圓圈這樣的規則，但總是能以奇妙的扭身與像跳舞般的動作來不斷躲開球。到底是哪裡來的高手啊。

「那麼，再來換我了！我會幫新濱同學報仇的，請仔細看吧！」

「呃……嗯，紫条院同學真有幹勁。」

浴衣裝扮實在太過嬌豔的少女——紫条院同學即使比平常更增添了幾分女人味，卻以小學男生般的興奮模樣如此宣言。

在櫃檯接過球之後，氣勢十足地發出「唔嗯！」一聲擺出投球姿勢並且丟出。

「啊……不行。球會從鬼的頭上很遠處通過……嗯？」

原本察覺到第一球已經失手了，但是鬼不知道為什麼用力沉下腰部，然後使盡腿的彈力垂直跳起——紫条院同學的球就擊中他的臉。

「中……中了！浴衣學姊第一球命中目標！倒是剛才那是怎麼回事？為什麼自己跑去被丟中？」

廣播的女學生感到困惑，受到眾人矚目的扮鬼男學生在鬼面具底下保持著沉默……最後雙手抱胸把臉別到一旁。

（這……這扮鬼的傢伙！我丟的時候明明展現出「拚死都不能被丟中！」般的氣勢，輪到美少女紫条院同學就自己跑去被球丟中了吧！）

不過……我能懂他的心情。

紫条院同學這個像櫻花精靈的浴衣美人很開心般丟出去的球，就連我都沒自信可以完成躲避的職務。

「哇啊，快看哪新濱同學！我丟的球全部命中了……！我可能是天才喔！」

紫条院同學興奮丟出的球全都飛往難以置信的方向。

但是扮鬼的男生就像是守門員一樣，伸出手、挺出頭，有時還跳躍來讓自己的身體被球擊中……你要不要去參加足球社啊？

「浴……浴衣學姊全部命中……喂，別因為對方是美女就放水好嗎笨蛋男生！怎麼可以讓獎品這麼早就被贏走啊啊啊啊！」

就這樣，發飆的廣播女孩闖入抓住扮鬼男生的脖子開始不停搖晃，現場隨即產生一陣騷動。

*

「呵呵呵！太好玩了！祭典的遊戲像是套圈圈、打靶等都讓人興奮不已耶！」

紫条院同學以極度興奮的樣子開心地這麼說道。

從開始以宣傳這個藉口逛各個班級她就一直是這樣了。

（很難看見如此回歸童心般的表情，感覺好新鮮啊……就好像興奮的小狗狗一樣，有種跟平時不同的可愛度。）

在「玩水世界」專心釣著水球，然後「猜謎大會」裡積極地快速按鈕並認真回答。

參觀「紙箱製兩公尺像展」看見初代鋼●像時說著「看哪新濱同學！這……這是強●兵！」，跟有名的ＳＦ軍事動作輕小說裡出現的機器人搞混，被製作團隊吐嘈說「那也是超名作但弄錯了！」。

但像這樣移動時一定不會偷懶，絕對會舉起標語板來進行宣傳，這種認真的態度也很符合紫条院同學的個性。

我也一樣感到很興奮。

因為光是能跟紫条院同學一起走在校慶會場就已經像是作夢一樣了，而這名憧憬的少女還跟我一起逛攤位，可以說沒有比這個更讓人感到雀躍的事情了。

在祭典充滿活潑氣氛的加成下，心情怎麼可能會不激昂。

「啊，新濱同學！接下來到那裡去吧！在準備時每次看到那個都很好奇！」

接著像是打算逛完所有班級攤位的紫条院同學所指的前方，正掛著「完全手製天象儀」的看板。

＊

「……那個……比想像中還要窄耶……」

「呃……嗯……本來就是手製的巨蛋了……」

櫃檯的男生表示「嗯？兩個人嗎？現在體育館正在舉行演唱會本來就沒客人了，就讓你們包場吧」，然後就帶領我們進到教室內製作出來的半球狀天象儀裡面。

但裡面雖然設置了椅子，卻沒有一個男孩子完全站立的高度，我跟紫条院同學目前的狀態就像是兩個人待在漆黑的帳篷裡一樣。

嗚哇……剛才稍微碰到肩膀了……！

而且傳來女孩子身上很香的味道……

在這種對於精神健康不甚良好的狀態中，從外面傳來學生「那麼要開始了！」的聲音——黑暗一口氣轉變成幻想的星空。

「哇啊……！」

「嗚喔……好厲害……！」

看來投光燈也是手製，不過應該下了一番功夫，投影在巨蛋內的星空以清晰的輪廓發出光芒。

仔細一看之下，巨蛋本身也為了能夠順暢地投射出影像而以極為漂亮的曲線所構成，可以看出應該經過相當仔細的計算。

「太厲害了……好漂亮啊……手製竟然可以達到這種程度嗎……！」

紫条院同學發出感嘆的聲音，這時我也有同樣的心情。

當然比不上去博物館所見的天象儀，但發亮的滿天星空實在不像高中生以低預算所製作出來的成果，成功營造出一種非日常的光景。

「確實很漂亮……就像青春的光芒……」

忍不住從嘴裡吐露出大叔才會有的發言。

這個班上的學生為了達到這樣的品質，應該付出許多的心力吧。

像這樣被他們在眼前活生生地展現成為大人後就無法發揮的，高中生特有的生命力，我不禁感到有些刺眼。

眼前每一個完美的星光，看起來都像散發出青春這種犯規的能源之光。

「真是的，你在說什麼啊，新濱同學！」

或許是因為星空的光輝而興奮不已吧，紫条院同學把身體更加靠近待在她身邊的我並且這麼說道。

「偶爾會像這樣說些大叔般的發言……但新濱同學跟我都還是高中生。接下來可以成就任何事情，也可以到任何地方去喔。」

「這……真的是這樣嗎……」

真心對這一點感到懷疑。

在持有前世知識與經驗的情況下，只有肉體與心靈年齡變成高中生的我，目前在這輩子應該還算過得不錯。

但偶而還是會感到不安。

我真的能夠改變……再次邁步前進的未來嗎？

「……請別露出那種表情。」

回過神來才發現，紫条院同學的臉已經靠近到能夠窺探我的眼睛。

「實際展現伸出手就能改變未來這件事的，不就是新濱同學嗎？」

「咦，我嗎……？」

「我們班上的攤位……要是繼續那種沒有方向的會議一定不會有好的結果，我想班上的同學也不會像現在這樣產生好好努力的心情。但是……新濱同學幫忙改變了這種情勢。」

在能感受到對方呼吸的距離下，紫条院同學繼續說道：

「我真的很感動。不是光在一旁看著情勢如何變化，新濱同學挑戰強行改變情勢並且成功了。這麼說可能有點誇張……但你努力展現了能夠改變未來的實際例子。」

「我改變了未來……」

「是的！新濱同學就是具備這種改變大家未來的力量！所以……雖然不知道你為何感到不

安，但是請打起精神來！不嫌棄的話我隨時都願意幫你的忙！」

「紫条院同學……」

太不可思議了。

只是聽見來自一名少女所說的話，到剛才為止都還卡在內心的不安就像融化般消失了。

「而且……請別忘了，改變的不只是我們班上的攤位而已。」

「咦……？」

「我現在非常開心。但自己班上如果仍然是不團結也毫無熱情的狀態，我就無法以如此興奮的心情迎接這次的校慶。所以……請再次讓我向你道謝。」

兩人視線在極近距離交纏當中，紫条院同學靜靜地訴說著。

「謝謝你，新濱同學──讓我有一個如此開心的校慶。」

說到這裡，穿著粉紅色浴衣的少女就在人工星空底下露出開花般的微笑。

「──────」

我的視線無法從她身上離開。

意識遭到占領，所有的心都朝向少女的方向。

某個東西在我內心發出聲音崩壞了。原本就來到極限的底線遭到突破。

越過憧憬的框架，鮮明的春風吹過心底深處。

就像被非常、非常、非常漂亮的月亮迷住了一樣——我只是持續凝視著紫条院同學。比畫在天上的任何星座都要耀眼，對我來說她就是最閃亮的那顆星。

*

享受過天象儀的我們，由於時間剛好來到中午，就在設置於校舍中庭的休息區享用外帶的炒麵。

「嗯！這炒麵真是美味！咖哩口味實在太棒了！」

「嗯，的確好吃……應該下了一番功夫。」

平衡度絕佳的綜合調味粉與大塊培根濃厚的味道十分搭調，吃起來相當美味。剛才的天象儀也是如此，看見高中對於攤位灌注如此大的心力，就感覺到他們的熱情，不知道為什麼就覺得開心。

「話說回來，紫条院同學說了絕對要吃炒麵，這是妳喜歡的食物嗎？」

「是的，我跟爸爸都喜歡。反而是爺爺非常討厭，老是對爸爸說『別讓春華吃那種垃圾食物！』。」

她說的爺爺……難道是紫条院家的當家本人嗎？

第八章 與妳共度校慶

「不過爸爸也會不服輸地回答『吵死了！不懂平民美食的老頭子去吃鵝肝醬讓血管阻塞啦！』，然後兩個人就吵起來了。」

「嗚哇，好狠的回嘴。」

紫条院同學的爸爸……紫条院時宗先生嗎？

雖是平民出身，入贅到望族紫条院家後讓自家書店公司急遽成長而出人頭地的人，許多人應該都聽過他的名字。

因為才剛入贅就自願擔任紫条院家一族所持有的數家公司的經營顧問，而且讓它們全部重新站穩腳步。

當時經濟上已經是日薄西山的紫条院家就藉此重新取回權勢，媒體也經常報導他是一名超級社長。

（從入贅到名門望族還能跟岳父吵架來看，真不愧是強硬派社長。像我這種前低層小員工根本想像不出他是什麼樣的人……不過因為紫条院同學的成績變差就氣得做出處罰，可以知道應該是個很嚴格的人吧。）

話雖如此，提到父親時紫条院同學還是沒有苦惱或者害怕的模樣。這一點讓我由衷感到安心。

「我尤其喜歡在祭典時吃的炒麵！」

名門的大小姐享受著平民的美食並且露出笑容。

「不論在家裡做出多麼好吃的炒麵，都比不上在這種吵雜的祭典氣氛裡吃的炒麵！雖然一個人吃的話反而會覺得寂寞，但現在是像這樣跟新濱同學一起吃！」

嗯，食物的味道確實會隨著心情改變。

我在這輩子吃到原本已經過世的媽媽親手做的料理時，就覺得世界上沒有比這個更好吃的東西了。

順帶一提，因為我邊吃飯邊大哭，所以媽媽本人就一直以相當困惑的眼神看著我。

「不過紫条院同學真的很喜歡祭典呢。在逛攤位的時候一直都很興奮。」

「咦？很興奮……？」

嗯……？這是什麼反應？

剛才一連串的對話，為什麼會讓她歪起頭靜了下來呢？

「…………啊啊！冷靜下來回想之後，我今天確實是很興奮！」

「妳都沒發現嗎！」

明明像是來參加賽狗的哈士奇犬一樣情緒高漲耶！

「但是，奇怪……是為什麼呢？校慶當然很讓人開心，今天早上來學校時也只是覺得氣氛還不錯而已。但不知道從什麼時候開始，就有種心跳加速般的激昂心情……？」

接著紫条院同學就發出「嗯……？」的聲音陷入一陣沉思當中——

「…………啊，我知道了！好像是因為跟新濱同學一起逛校慶比自己想像中的更加開心！」

「噗噗哦……！」

無邪少女突然丟出破壞力超群的發言。

「現在想起來，我還是第一次跟朋友一起逛校慶！有點害羞又一直止不住笑意！」

「咦……第一次？是……是這樣嗎？」

紫条院雖然以很愉快的表情這麼說著，但是內容卻讓我感到相當吃驚。

話說回來……紫条院同學是沒有遭到排擠，不過的確沒看過有跟她特別要好的朋友……？

「而且能夠獨占新濱同學更是讓人開心。最近新濱同學都在忙班上的事情，讓我感到有些寂寞。」

「嘎哈……！」

由於再度遭到爆炸性發言攻擊，我的意識也再次被轟飛。

等……等一下！

繼續以那種毫無邪念的純潔口氣連續丟出殺人台詞的話……！

「不知道為什麼，新濱同學得到班上同學的認同讓我感到很愉快……但讀書會與聊天的次數也因為你太忙碌而減少了。去採購的時候雖然聊了一陣子，但雙方都聊到很多工作上的事情。」

紫条院同學以對於自己發言絲毫不覺得害羞的模樣，直截了當地這麼說道。

「所以今天能跟新濱同學一起逛祭典還聊了許多天，我覺得自己非常開心！」

紫条院同學以像是耀眼太陽般的笑容堅定地這麼表示。

至於我呢，處男腦就像受到地毯式轟炸一樣完全遭到粉碎。甚至因為死透了而連呼吸都不順暢。

「……呼……呼……！」

「咦……怎麼了嗎，新濱同學？我說了什麼奇怪的話嗎？」

說了！說了一大堆！

而且台詞裡面感覺不到一絲羞澀，這天然呆的程度也太誇張了吧！

（啊啊真是的，敗給她了……）

原本覺得她在天象儀裡以靜謐兼溫柔的話鼓勵了我，結果不一會兒就以天然呆的模式在無自覺的情況下丟出核子彈。

感覺一輩子都敵不過她……

但是……既然對方都面對面說出這樣的話了。

即使腦袋仍昏昏沉沉，我也必須做出屬於自己的回應才行。

「我也——」

「咦？」

「我也由衷感到歡喜。」

我對著以純真眼光看著這邊的紫条院同學吐露心聲。

「老實說，校慶對我來說只不過像是過往雲煙的活動。不會帶著幹勁去創造出什麼，也不會全力去享受這個祭典。」

因為深信自己與那種炫目的青春無緣的關係。

「但是紫条院同學給了我全力投入校慶的機會，所以能看見光輝程度跟之前全無法比較的祭典景色。然後還能跟紫条院同學一起走在這樣的光輝之中……我一直處於亢奮狀態。看來興奮的人是我才對。」

這也不能怪我吧。

因為能夠跟憧憬到連死亡之前都會回想起來的紫条院同學，度過和女孩子一起逛校慶這種只在小說裡才出現的奇蹟般時光。我的內心的歡喜程度確實是筆墨難以形容。

「所以……謝謝妳。跟紫条院同學一起度過的校慶真的很開心。」

「新濱同學……」

聽見我毫無隱瞞的內心話後，紫条院同學靜靜地把手放在自己的胸口。

「……真是不可思議。聽見新濱同學這麼說後，就變得比剛才更開心了。今天真的……有許多開心的事情。」

「嗯，確實是這樣。」

說完我們就同時發出輕笑聲。

周圍不絕於耳的喧囂無條件讓人心情高揚。

發覺晴天的非日常情境讓我的心變得坦率。

也就是說，我比自己想像中還要興奮。

從遠方的體育館傳來管樂隊之類的演奏聲。

拿著標語板的學生揚聲進行著攤位的宣傳。

一隻手拿著章魚燒或者可麗餅，每個人都盡情地談笑著。

身體沉浸在這樣的空氣當中——我們因為某件趣事而互相笑著，共享了「開心」這樣的心情。

第八章

與妳共度校慶

＊

「時間過得真快……馬上就到我值班的時間了。」

在休息處悠閒地吃完炒麵的我們，注意到時鐘的針前進地比想像中還要快，於是便走回自己班上。

「嗯，我也是。雖然有點捨不得，但宣傳的工作就到此結束了。」

啊，對喔……有點忘記了，不過我們一起在校內到處逛其實是有幫班上攤位進行宣傳這個藉口。

「那麼，我也要去拿服裝——」

「找到了啊啊啊啊啊啊啊啊！新濱同學在這啊啊啊啊！」

還在對話時，就有走投無路般的聲音響徹走廊。

「咦？怎……怎麼了？」

「筆橋同學……？」

回頭往聲音的方向看去，發現班上的元氣少女——筆橋就站在那裡。

不知為何眼裡噙著淚水，完全失去冷靜露出手足無措的模樣。

第八章
與妳共度校慶

「班上……班上的攤位……！」

（等等，那種表情不會是……）

看見筆橋臉上表情的瞬間，我有了強烈的不祥預感。

因為那種表情跟上輩子處於超級修羅場時，新人全部逃走後在現場失去理智的主任臉上浮現的表情一模一樣。

「班上的攤位陷入危機了！拜託救命啊啊啊啊啊！」

就這樣——聽著筆橋哭聲的我，理解自己將被課予這次校慶最後的工作。

第九章 修羅般的現場才是社畜的勳章

「等你好久了，新濱同學。真的是緊急事態。」

班上的攤位陷入危機——擔任校慶實行委員的眼鏡少女，風見原迎接聽見筆橋這樣的求救訊號後立刻趕往教室的我們。

「風見原同學，到底發生什麼事？筆橋同學陷入恐慌，我們到現在仍無法掌握事態……」

「簡言之，就是現場崩壞的危機。」

「蝦咪……！」

以冷漠表情開口說出的第一句話，就是上輩子造成心理陰影的情形。

這句話其實有許多種定義，不過一般來說指的是任務（被賦予的工作）與處理能力失去平衡，業務開始崩壞的最惡劣狀態。

「首先第一個要因是客人的增加。出現大量表示『有可愛的女孩子在宣傳』的男性客人。老實說，我太輕視美女的廣告效果了。」

原來如此……紫条院同學拿著標語板到處走，吸引了比預料中更多的男性客人前來嗎？但

是，應該排了足以對應這種情況的人數來值班才對啊……？

「第二個要因是……值班人員的缺勤。雖然快到今天最後的值班時間，但七名成員中有三個人無法工作。」

「咦……咦咦？為什麼會變成這樣呢？」

紫条院同學以驚訝的表情這麼說道，這時風見原就以沉痛的模樣表示：

「那是因為……有些失敗沒烤熟的章魚燒，然後包含接下來三名班表人員在內的一部分男生就愚蠢地拿來吃掉……結果很有默契地全吃壞肚子，現在只能變成廁所的居民。」

「他們是笨蛋嗎——————！」

吃下生麵粉當然會弄壞肚子吧！

啊啊可惡，雖然在天象儀裡認為高中生的力量很耀眼，但現在才想起來會輕鬆幹下如此蠢事的也是高中生這種生物……！

「也就是說，現在的值班人員再過五分鐘左右下班之後，接班的人員就只有新濱同學、紫条院同學、筆橋同學還有我共四個人而已。」

認清現況的我們一邊流著冷汗一邊同時看向教室。

如果只是普通程度的來客數，四個人或許不會有什麼大問題，但從過於強大的宣傳效果造成大量客人湧入的現狀來看，無論怎麼想都無法對應。

這幾個人要處理販賣餐券、管理訂單、調理、裝盤、倒飲料、上菜、外帶的包裝等各種不同的業務實在太少了。

「那個，風見原同學。沒辦法請現在值班的同學延長時間，或者請下班的同學過來支援一下嗎？」

「這就是為難之處了……知道手機號碼的同學似乎全部都準備參加社團的攤位或者跟戀人約會。現在上班的同學也都有社團和學生會的工作……順帶一提，兩位知不知道什麼聯絡得到而又沒有預定的同學……？」

風見原的問題讓我跟紫条院同學同時搖了搖頭。

我能找到的就只有銀次……不過那個傢伙現在應該正在顧電腦部的攤位。附近也看不到什麼沒事可做的同班同學，導師也到自己指導的社團攤位去而不在現場。

「雖然稍微期待了一下，不過兩位果然也沒有人選嗎……」

負責管理每個人班表的風見原沮喪地嘆了口氣。

嗯，校慶這種活動，本來就是沒有任何預定而閒著沒事的人占少數了。

（這個時代也沒有智慧型手機跟群組聊天應用程式……只有熟到一定程度的朋友才會知道聯絡方式。）

「現在有兩個選項。第一個是無視各人的預定，請求聯絡得到的同學前來支援……第二個則是我們四個人想辦法撐住現場。後者的話，給客人的供餐速度應該會大幅變慢。」

「這個嘛……」

老實說是讓人相當煩惱的選擇。

（找人嗎……把正度過快樂時光的大家找過來……）

突然想起的，是上輩子在貴重的休假日發生的事情。

是要消化累積下來的動畫、打開囤積的遊戲還是去吃些美食也不錯——而殘忍地打破這種淡淡興奮感的加班電話，到現在仍是我心中的痛。

（大家也有屬於自己的校慶。比如說剛才我跟紫条院同學在一起的時間要是接到無情的找人電話……實在不想做出這種毀人貴重青春時光的好事。）

但同時也不願意大家努力建立起來的章魚燒喫茶店，最後以因為供餐速度緩慢造成客人強烈不滿的不好回憶做結。

「我……不想打電話叫任何人來。但也沒時間去找空閒的同學了。所以我想四個人盡可能完成所有的工作。」

「咦……咦咦？怎麼可能啦新濱同學！在缺少三個人的情況下要應付這種數量的客人實在太困難了！」

筆橋的訴求相當正確。

位居高層的人經常會把骨氣與效率化奉為圭臬，所以喜歡用少數人員來完成工作。但不論是什麼樣的業務，現場只要人手不足就無法順利運作。

「我知道。但這是要選擇犧牲什麼的問題。在這個欠缺三名人員的情況下，就只有風見原所說的找幾個人來幫忙然後無視他們自己的行程，不然就是做好供餐速度變慢的覺悟只靠四個人完成工作。」

何況就算去找人幫忙，所有人選也都有自己的安排，很可能會表示實在無法來幫手。然後也沒有時間去交涉請他們務必想想辦法。

「但決定四個人自己努力的話，就能不造成班上任何人困擾，也能依我們努力的程度將客人的不滿減少到最小限度。這就是我的意見，大家覺得呢？」

「……我贊成新濱同學的意見。」

最先做出決定的是紫条院同學。

「不知道是不是能得到幫助的話，我想還是我們自己努力看看。反正也只剩下一個多小時，所以全力以赴的話也可能撐過去！」

「嗯……嗯！剛才雖然說沒辦法但我也贊成！仔細一想，感覺現在才去找幫手也只會讓事情變得更加複雜！」

「是啊，事到如今哪個選擇才是正確已經是事後諸葛。我也豁出去了。」

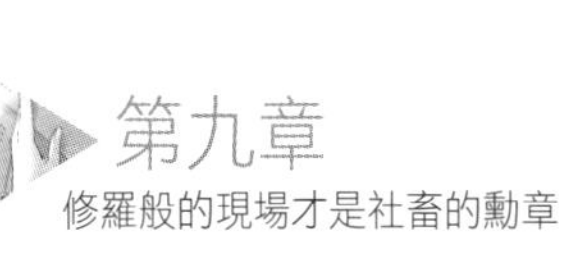

第九章 修羅般的現場才是社畜的勳章

得到三名少女的同意，我便用力點了點頭。

「知道了。那我們重新檢討一下配置。」

這樣就決定方針了。接下來就是如何以四個人來運作。

「風見原同學負責販賣餐券與點餐，擺盤與倒飲料由紫条院同學負責，上菜就交給筆橋同學。盤子就請客人自己丟棄。外帶也算在內用的訂單內，然後用盒裝容器取代盤子，這也交由紫条院同學負責。」

「好……好的，了解了！但是……烤章魚燒怎麼辦？」

「噢，烤章魚燒全交給我來負責。訂單全交給我就對了。」

只看烤章魚燒的技術的話還是調理班長紫条院同學比較優秀，認真的性格讓她擅長仔細的完成章魚燒。但重視效率與速度的話就是我占上風了。

「……要獨力完成你是說真的嗎？本來是三個人烤才能來得及喔？」

沒錯，就算練習過了，我們依然是烤章魚燒的外行人，無法獲得以專業技術與設備製作出來的生產速度。因此至今為止當然是以三個人使用從各個家庭借來的三台烤章魚燒機來處理訂單。

「嗯，我很認真。說要四個人運作的我本來就應該付出最多勞力——」

我在不自覺的情況下露出了笑容。

這是我的專業。只是把鍵盤跟滑鼠換成章魚燒用錐子，本質上其實沒有任何差異。

「我很習慣這樣的修羅場了。」

＊

在擠滿大量客人的教室中——穿上廟會短外衣與纏頭巾的我跟三名同班的少女一起面臨一場盛大的賭局。

「訂單來了！二號桌！起司三！明太子六！紅豆六！」

「了解了！二號桌！起司三！明太子六！紅豆六！」

我重複一遍負責販賣餐券兼點餐的風見原所說的菜單略稱、個數、桌號。雖然也有人認為這種複誦訂單的確認很愚蠢，但我的經驗告訴我這是能夠預防許多失誤的確認法。

（普通三、俄羅斯一、紅豆三再烤二十秒！新單，起司三、明太子六、紅豆六……倒麵糊、放食材！一號桌追加的鮪魚五再烤三十秒！）

麻煩的是章魚燒只要翻面就不知道裡面是什麼食材。

本來一個人只要負責一台章魚燒機，所以掌握裡面的食材不會太難。但一個人要負責三台的話，就會變成在廣大的麵糊海裡面玩考驗記憶力的神經衰弱遊戲。

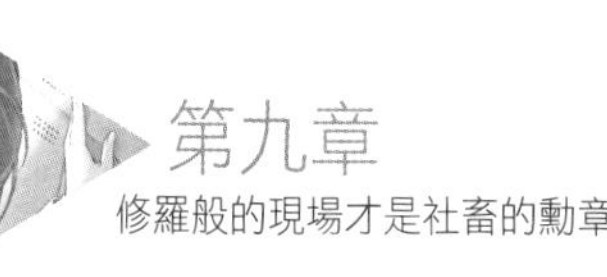

第九章
修羅般的現場才是社畜的勳章

（可惡……！難易度會如此之高，原因就是出在口味太多了！啊啊我真是笨蛋！初期企畫案的四種口味就已經太多了！）

「紫条院同學，盤子拜託了！白一、虹一、黑一！」

「啊，好的！」

忙著把果汁倒進紙杯裡的紫条院同學隨即拿出紙盤。

因為外表看不出是什麼口味，所以普通章魚燒是白色，俄羅斯輪盤章魚燒套餐是彩虹色、紅豆章魚燒是黑色……像這樣能夠用盤子的顏色來判別。

接著我就把對應紙盤顏色口味的章魚燒放上去，紫条院同學在除了紅豆之外的章魚燒上加柴魚片、海苔粉以及美乃滋就完成了。

「筆橋同學，五號桌的普通三、俄羅斯一、紅豆三好了！」

「好喲好喲！現在過去！嗚嗚，真的很累！」

唯一一名幫忙上菜的筆橋邊發牢騷邊把剛烤好的章魚燒送到客人面前。雖然用過的食器與廚餘已經請客人自行丟棄，但是光靠筆橋一個人要服務整間教室還是很辛苦吧。

「好的，找二十圓！下一份訂單！起司六！普通六！可樂一、柳橙汁一！全部是外帶！」

「一號桌可樂二！三號桌可樂二、汽水一！麻煩了！」

「好的，久等了！啊，抱歉！加點也全部要請您買餐券！剩下來的飲料請倒到那邊的水桶裡！」

風見原、紫条院同學、筆橋等三個人已經做得非常好了。

老實說她們的效率比想像中還要好……但負擔卻完全沒有減少！

因為客人是絡繹不絕。如果客人沒有那麼多的話，四個人應該可以應付。

然後這個原因應該是出在紫条院同學身上。

浴衣打扮原本就相當豔麗，現在流汗的模樣更是能吸引男性的注意力，即使待在廚房裡面還不斷引誘男性客人進到教室裡面。

（可惡，你們別亂看！汗流浹背的紫条院同學被看見不知為何就是讓人火大！）

仔細一看之下，受到矚目的不只是紫条院同學，連風見原與筆橋也是一樣。

她們兩個人原本就是相當漂亮的美女，現在稍微被汗水濡濕的浴衣打扮果然就像引誘男生的捕蚊燈一樣。

啊啊真是的！所以說男高中生真是讓人受不了！

「——喂，也太慢了吧？」

（…………嗚！）

突然間傳來某個客人的呢喃聲，讓我跟其他三名少女繃起臉來。

那並不是對我們幾個店員所說的發言，只是沒有什麼惡意的細微呢喃。

第九章 修羅般的現場才是社畜的勳章

但是……感覺到我們想要壓抑的東西開始噴出後，就越發覺得焦躁不安。

「啊……！」

對筆橋響徹教室的聲音產生反應而把視線移過去後，看見短髮少女被椅腳絆到而失去平衡，拿著的盤子整個掉到了地上。

幾顆章魚燒在地上滾動，醬汁整個把地板弄髒了。

「啊……啊啊……我……」

看見擴散在地板上的慘狀，筆橋就以束手無策的模樣噙著淚水。

這下……糟糕了！需要幫手！

「筆橋同學！剛才掉下去的是普通六對吧？」

「咦，啊，嗯……」

在忙碌的現場犯下錯誤的衝擊於筆橋內心擴散開來之前，大聲地詢問她來止住感情的奔流。

「好，我立刻重做！先別慌把地上收拾乾淨！」

「知……知道了……！」

立刻以明確的發言來交代工作，以責任感來停止罪惡感。

個性越是一板一眼就越會受到失敗影響，像這樣瞬時加以關心就是重點。

「紫条院同學！拜託再次呼籲一下！」

「好……好的！那個，各位來賓！目前因為人數眾多，所以章魚燒與飲料的送餐時間會比較久！敬請稍待片刻……！」

浴衣美少女的紫条院同學大聲如此拜託後，等待剛才筆橋弄掉的章魚燒的客人以及一部分因為上菜緩慢而焦躁不已的急性子客人都放鬆表情，整間教室的氣氛也變得和緩。

這是我事先拜託紫条院同學的事情，希望藉著傳達「店家也對讓客人久等感到抱歉」來降低客人的不滿。

這下子攤位的運作總算沒有停下來——

（嗚……即使座位滿了還是有外帶，所以訂單不斷湧至……！目前大概可以維持平常八成的速度來供餐，但這樣下去的話難保客人不會出現「好慢」「快一點」的發言！）

然後到了那個時候，不習慣這種場面的三個女孩子就會受到龐大的精神負擔，目前仍能維持的運作也會崩壞。

等等……先冷靜下來。

能否撐過這個修羅場全看我的能力了。

最大的難關是章魚燒的生產速度。接連不斷的訂單因為口味種類繁多而複雜化，為了不弄錯而必須在腦內加以整理所以得多花時間。

第九章
修羅般的現場才是社畜的勳章

章魚燒機這個硬體跟平常營業時一樣有三台，但我這個軟體卻完全跟不上。

（這種時候，料理漫畫或者經營漫畫的主角都會想到逆轉局勢的祕策才對啊……！可惡，前社畜的我都只能想到黑心的方法！）

如果我一個人追不上平常三名調理班成員烤章魚燒的速度——

我就只能用比平常快三倍的速度來烤章魚燒了……！

（更加提升效率……！徹底省略掉多餘的程序，以最合適的方法處理提出的訂單！烤章魚燒與辦公室作業、會場營設和活動攤位對應本質上都是一樣的！只要不斷處理任務就行了！）

社畜時代的意識慢慢甦醒，我也加快使用錐子的速度。

再快……！還要更快！

名為訂單的任務從風見原那裡降下。

在腦袋裡虛擬出筆電並將訂單放入資料夾內管理。

依照順序實行這些處於待機狀態的訂單。

俯瞰三台烤章魚燒機，立刻估算剛才的訂單要在哪裡烤哪種口味的章魚燒才有效率並且馬上開始烤。

抹油、倒麵糊、投入食材、開始烤、完成——不弄錯工程只提升速度！

（咕嘎……！手臂堆積一大堆乳酸開始發痛了……！應該說腰、背肌和全身都痛！加上同時處理太多任務，腦袋快燒起來了……！）

但是……這樣應該撐得過去！

不考慮腦的疲勞與肌肉痠痛來回溯最大效率的動作，應該就能達到希望的生產速度。

再來……就只要這樣維持下去！

「喂……喂，你看那個……一個人完全活用著三台烤章魚燒機……」

「那種完全沒有一絲多餘的噁心動作是怎麼回事……是活體烤章魚燒機器嗎？」

客人你們很吵喔！別把人家稱為活體烤章魚燒機！

誰會自願幹出這種像是雜技的事！

（……不過話說回來……上輩子的我確實像是機器一樣。）

上輩子的公司不重視效率以最短時間完成工作的話一切都會來不及，然後就會被上司怒罵沒用。

所以我就變成沒有任何想法只是完成工作的家畜——也就是社畜了。

在帶著黯淡心情的狀況下，成為只是以陰鬱臉龐持續處理工作的齒輪。

（咦……？但是我現在……）

突然注意到一件事。明明跟那個時候同樣忙到焦頭爛額，已經把自己的身體操到超越極限了——

我的嘴角卻從剛才開始就一直掛著笑容。

「啊哈哈哈……！好忙！腦袋好像快亂成一團了！」

旁邊的紫条院同學迅速把果汁倒進紙杯並且這麼說著。

從值班開始就不停工作，這時已經是汗流浹背。

「但是好奇怪！明明這麼忙……卻好開心……！」

在繁忙的工作中，覺得這種疲勞與高揚感很愉快的紫条院同學露出由衷的笑容。

額頭上串連在一起的汗珠像寶石般炫目。

「哈哈……！確實很奇怪！」

依然沒有停下手來的我如此回應著紫条院同學。

「我也快忙死了……卻開始覺得非常開心！」

超過負荷能力的工作讓腦和身體像是快要發出摩擦聲一般。

但是變成工作機器的那個時候，心情只能用冰冷慘澹來形容，此時卻是完全相反。

在失去的時間中燃燒自己，卻能夠獲得莫名的高揚感與喜悅。

「新濱同學也是嗎！啊哈哈！我們都是怪人耶！」

聽見我回答「開心」後，紫条院同學像是打從內心感到好笑般笑了起來。

修羅場就這樣持續著。

第九章
修羅般的現場才是社畜的勳章

強烈的連帶感聯結我們四個人，忙碌地對應著不停湧入的大量客人——

我只是專心地驅使自己撐過祭典的結尾。

▶第十章◀ 對功勞者說聲「謝謝」

來到夕陽西下的時間，之前極度吵雜的校慶也即將結束。

我們也把男性和服便裝與浴衣換回制服，依依不捨地留戀著隨熱氣與喧囂遠去的祭典。

但是，某方面來說學生們的重頭戲是在「祭典之後」。

「那麼，雖然出現各種麻煩……不過我們班還是以遙遙領先的業績獲得商品銷售部門的第一名！銷售額也很漂亮！」

「「「哦哦哦哦哦哦哦哦哦哦哦哦哦哦哦哦哦哦哦哦！」」」

地點是在教室內。

站在講臺上的校慶實行委員風見原宣布這份榮譽後，聚集在現場的同學們就發出歡呼聲。

「哇哦！真的嗎！」

「太棒了！我們太厲害了吧！」

「沒想到真的能拿到第一名！嗯，每一個時段都有很多客人來光顧就是了！」

「哈哈哈！嘲笑我們班的那些傢伙都瞪大了眼睛！活該啦！」

第十章
對功勞者說聲「謝謝」

「我們的努力沒有白費！覺得好開心喔！」

一開始絕對稱不上所有人都有幹勁的同學們，現在全都露出盈滿心頭的喜悅表情。

藉由合作與辛苦所贏得的甜美光榮讓每個人都興奮不已。

「因此馬上就用銷售額買了零食跟果汁！請盡情享受接下來的慶功宴！大家真的都辛苦了……！」

風見原或許也因為祭典結束後的氣氛而感到興奮吧，平時那種我行我素的模樣完全消失，聲音聽起來有點沙啞。

（在談話中逐漸能夠了解……她對因為自己的失敗而差點毀掉班上的攤位一事感到很在意。能夠在獲得極大成功的情況下落幕，也難怪她會如此高興。）

「呃……嗳……新濱同學。你還好吧……？」

「那個……不用去保健室真的沒關係嗎？感覺好像整個人消瘦了不少……」

「哈哈……雖然想說沒問題，不過真的有點累……」

短髮少女筆橋與黑色長髮的紫条院同學以擔心的表情窺看著我的臉。

兩名外表秀麗的少女把臉靠過來原本是讓人心跳加速的場面，但現在的我已經沒有那種氣力了。

慶功宴開始後，在同學們單手拿著果汁或零食熱絡地談笑當中，我則是攤坐地板靠在牆壁上，像隻水母般全身無力。

原因當然是因為過度使用腦部與肉體，持續以將近平常三倍的速度烤章魚燒的關係。要比喻那種情況的話，就像是高速同時操作三台筆電來完成三人份工作一樣，而代價就是我的腦袋與身體都完全過熱了。

在體力全部歸零的情況下，手臂、腰部以及全身都隱隱作痛。

「嗯，也是啦……工作的樣子就像是暴衝的割草機，我還擔心你會不會在半途解體呢。」

「嗚……」

實際上真的曾因為過度勞動而半途解體（突然死亡）的人聽見這句話就覺得很心虛。

「嗯，不過努力也有了成果。」

剛才的超級修羅場烤章魚燒地獄，在到最後都沒有太多客人表示不滿的情況下把食材用盡成功完售了。

原本打算只要有閒著沒事的同學回到教室就強行讓他幫忙——但很可惜的是沒能實現，直到最後都只有我們四個人。

笨蛋男赤崎提出「在預算允許的情況下盡量購買食材，剩下來的話就大家一起吃吧！」的主張，而大家也都同意所以囤積了大量食材，不過浴衣美少女效果竟然吸引了超越食材數量的客人。

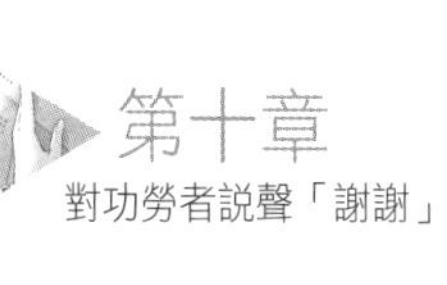

第十章
對功勞者說聲「謝謝」

「現在想起來才發現還有限制客人數量或者停止外帶這些更聰明一點的做法……」

「在那麼繁忙的情況下，光是注意眼前的事情都來不及了，哪有多餘的時間去想什麼辦法……何況根本沒預料到會像那樣大排長龍。」

回答我呢喃的紫条院同學這時也露出疲憊的模樣。體力派的筆橋也是同樣的情況，當然剛才在講臺上完成實行委員最後一項工作的風見原也一樣。

「我決定的方針把大家拖下水了……真的很抱歉。」

「啥？你在耍什麼帥啊，新濱同學。」

對我的話有所回應的是不知道什麼時候走下講臺來到旁邊的風見原。

「不去找任何幫手，只靠四個人完成工作是我們所有人做出的決定。這當然就代表我們理解將要從事腦袋快要爆炸般的勞動。我們可不是小孩子喔。」

「對啊對啊！我也不願意把正在享受校慶的同學找過來！結果也得以帶著愉快的心情迎接校慶的結束！」

「我的想法也跟她們兩位一樣。決定由我們四個人拚到最後，也在四個人辛苦努力後贏得了最棒的結果。這麼說可能是事後諸葛，但正因為我們的選擇而沒有造成任何人的不幸。」

我說出責任在自己身上的發言後，三名少女立刻加以否定。

而她們說得一點都沒錯。

「這樣啊……說得也是……」

不是我決定的，而是我們四個人一起決定的。

差點就擅自做出錯誤的認定。

「嗯，話說回來這場慶功宴的零食和果汁，是吃了生的烤章魚燒弄壞肚子的傢伙買來的嗎？」

「是的，本來應該是由身為實行委員的我去買，但他們表示務必交給他們，所以就順他們的意了。」

在那之後——當賣完所有章魚燒的我們疲勞不堪地癱軟在地上時，從廁所解放出來的三名值班男同學以及其他幾個人就摸著肚子回來了。

當然已經累到極點的我們就開始抱怨了。

「你們幾個啊啊啊……！大笨蛋……！」

「哎呀哎呀……廁所王國的居民回來啦……」

「肚子不要緊了嗎……？不能再吃沒烤熟的章魚燒嘍……」

「雖然不想責備你們，但至少讓我抱怨一句吧！真的很辛苦耶！」

然後當他們知道我們四個人硬是扛下攤位所有工作，從廁所回來的幾個人就臉色蒼白地低頭表示「真的很抱歉……！」。

「為了賠罪而包辦收拾工作，也幫忙去採買了零食等東西，我是不打算再責備他們了啦。」

「呵呵，說得也是。那個……雖然因為惡搞而吃壞肚子實在不值得鼓勵，不過他們也不是故意的。」

「因為真的很辛苦，還是忍不住抱怨了一下。新濱同學也被他們害得像是漂流到岸邊的死魚一樣……真的太拚命了。」

嗯，讓我回想起社畜時代真的是在拚命。

這次最多也不過撐了一個多小時，但社畜時代的十二年裡每天從早上到深夜都像剛才那樣拚命，現在想起來真是替自己的愚蠢感到戰慄。

這樣當然會內臟變得破破爛爛而死。

「說什麼全部都自己來烤，還以為是有什麼祕策想不到是憑蠻力硬上。新濱同學做到快死掉來彌補三個人的工作量什麼的根本是只靠骨氣嘛。嗯，不過……」

風見原這時突然笑了起來並且將眼鏡往上推。

「也很帥氣喔。在校慶之前一直以為新濱同學的性格很內向，不過其實是很可靠且充滿能量的一個人呢。」

「嗯嗯！雖然工作的模樣讓人從旁邊看都會感到不安，不過真的很帥喔！能跟你一起工作真是太好了！」

「喔……喔喔，聽妳們這麼說還真有點不好意思……不過謝謝啦。」

沒想到上輩子完全沒有接觸過的風見原與筆橋會這麼說，我忍不住紅著臉龐以興奮的口氣這麼回答。

「那我還有事情要做，等一下見嘍。接下來就交給紫条院同學。」

「嗯，我也要去跟別的女生說一下話！兩位等一下見！」

這麼說完後，在這次校慶裡變得最熟的兩名同學就離開了。

只剩下我跟紫条院同學留在現場。

「那……那個！」

「咦？」

「我也覺得很帥！真的覺得很帥！」

「啊……啊啊……？嗯，謝謝……」

或許是為離開的兩個人稱讚了我而自己卻沒有所以感到尷尬吧，紫条院同學以有點慌張的模樣如此對著我說。其實不用這麼勉強的啊……

「嘿咻……」

「啊……站起來沒關係嗎？看你都累到走不穩了……」

第十章 對功勞者說聲「謝謝」

「嗯，多少恢復一些氣力了所以沒問題。」

對紫条院同學笑著這麼說，然後就站著把背靠到牆壁上。

明天絕對會肌肉痠痛，不過現在身體倒還能動。

「真的是奮不顧身呢……」

「嗯，不過……很開心。原來也有覺得開心的工作啊。」

對我來說，原本工作全都是苦差事。

因為那是為了把我像破抹布一樣用完就丟的公司付出的勞力。

但是今天是為了紫条院同學與風見原、筆橋……甚至是全班同學，也是為了我所取回的青春而燃燒自己。

那個時候身體已經感覺到像是運動比賽中產生的疲勞，但內心卻存在超越這些疲勞的高揚感。

「話雖如此，要我再做一次實在是沒辦法了……」

「是啊，也跟大家一起完全燃燒的我確實覺得很開心……呵呵，不過我認為那是在那種情勢下才能辦得到。」

以班上同學開心喧鬧的聲音作為背景，我們互相笑著表示「絕對是那樣」。

「總覺得……很不可思議耶。」

「咦？」

「老實說……我不是很為班上著想。也沒想過要為班上做什麼事情……」

即使在這輩子，在學校當中我的世界也只有紫条院同學與銀次而已。

並不會積極地想替班上盡什麼力。

「但是現在……像這樣看著享受慶功宴的眾人，就覺得真是太棒了。」

「新濱同學……」

紫条院同學看著如此呢喃的我，不知為何很開心地笑了起來。

當我入迷地望著她不論什麼時候看都相當可愛的臉龐時——就注意到人群聚集到我們周圍。

「咦……？你……你們是怎麼了？」

除了班上一部分人之外，不論是男生還是女生幾乎都在不知不覺間聚集到我跟紫条院同學周圍。不知道為什麼每個人臉上都帶著頑童般的笑容。

怎……怎麼了？發生什麼事？

「那麼新濱同學。現在大家有事情要告訴你，仔細聽好嘍。」

站在集團前面的風見原淺笑著並且把眼鏡往上推。

「啊哈哈，要仔細聽喔，新濱同學！」

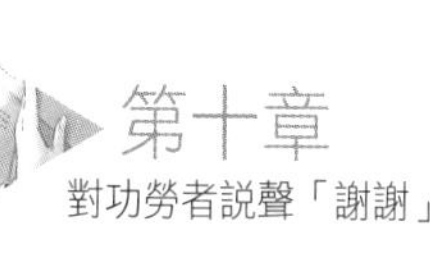

第十章
對功勞者說聲「謝謝」

站在風見原隔壁的筆橋露出直率的笑容。

「啥……？仔細聽？要聽什麼……」

不理會困惑的我，眾人用力吸了一大口氣——

「「「新濱（同學）！謝謝你！」」」

一起唱和著這麼一句話。

「…………咦？」

謝……謝？

「改變無法決定任何事情的漫長會議，真是幫了我們一個大忙！」

「謝謝你幫忙實現了裝飾班的點子！」

「謝謝你讓我製作看板！哎呀，你真是個有趣的傢伙！」

「說什麼是很簡單的攤位，結果揭曉之後根本忙得要死！不過確實很有趣啦！超感謝你的！」

「你說要贏得第一名時真的覺得你是個笨蛋，沒想到真的實現了！託你的福現在心情超棒的喲！」

「那個，抱歉一開始時覺得很麻煩。實際動手做了之後才發現滿不錯的……」

「能夠穿浴衣超開心的！真謝謝你讓我們推出這麼有趣的攤位！」

「聽說最後的班表發生問題，你一個人當三個人用是真的嗎？真的很謝謝你為班上拚到這種地步！」

「沒人想到班上的攤位會有趣到這種程度！哎呀真的很謝謝你啦新濱！」

意料之外的狀況讓我的思考停止。

謝謝。

到處都可聽見感謝的言詞。

其實並不稀奇。

上輩子其他公司的人也像是打招呼般對我說過，另外也頻繁在業務電子郵件的文末出現。

但剛才的不一樣。

那不是社會上慣例出現的敷衍定型文。

帶著真實溫度的「謝謝」——如雨滴般朝著我降下。

「老實說，每個人都想好好享受只有一次的高中生活裡貴重的校慶。」

風見原對說不出話來的我表示：

「所以大家好像都想對為班上攤位做了最完整的規劃，讓大家團結一致加以實行，最後像這樣獲得最棒心情的功勞者道謝喔。」

「啊哈哈，不論是誰來看都知道新濱同學是出最多力的人！」

筆橋笑著這麼說，周圍的眾人也笑著點頭。

等等，沒那麼誇張啦……

說起來我也不是在意班上的事情……只是因為紫条院同學說很期待才會完成這樣的企畫……

「當然我也很感謝你。」

一看之下，在我身邊的紫条院同學也露出微笑。

「謝謝你，新濱同學。從一開始到結束，包含各種麻煩與困擾在內，這真的是很棒的校慶。」

無法隨心所欲地開口。

完全沒有經歷過的「謝謝」讓我的腦袋一片混亂。

「大家都注意到新濱同學了。所以——請收下我們的感謝。因為新濱同學確實努力到讓大家都想這麼對你說。」

聽到這裡，我才終於有了大家由衷向我表達謝意的真實感並且理解是怎麼回事。

大家真的——注意到我的付出了。

（哈哈……話說回來，上輩子即使做牛做馬般工作都沒有得到任何人的感謝呢。做好事情本是應該，做不好就會遭受一連串的譏諷與謾罵……）

沒有被任何人稱讚。也從未受到任何人的感謝。上輩子就是那樣的人生。

但是現在……竟然有這麼多的人對我說「謝謝」……

「啊……那個，各位……」

腦袋因為太過超乎想像的情況而無法順利運作，只能吞吞吐吐地動著嘴巴。

不行了。完全說不出應對的話。

「那個，我也要說……謝謝……」

好不容易說出口的是沒有任何技巧可言的相同字句。

但總有一種……這就能道盡一切的感覺。

「啊哈哈哈！新濱同學的臉好紅！」

「快看！他很害羞喲！」

「新濱同學好像少女！」

「嗯，不過是真的很感謝啦！」

「謝謝你幫大家做了這麼多事！」

對我的回答產生反應，每個人都笑了起來。不過他們的心意都無庸置疑。

班上這些同學都露出真心的笑容，表現出對我的信賴並且訴說著感謝之意。他們承認我的功勞，對我說了謝謝。

第十章
對功勞者說聲「謝謝」

上輩子的我從未見過的光景——就在眼前。

第十一章　惡夢與腿枕

「嗯…………」

意識依然朦朧的狀態下，我抬起趴在桌子上的頭。

咦，我在做什麼……？

啊，等等……對了。

在校慶的慶功宴跟大家說話……

「我……睡著了嗎？是什麼時候……」

朦朧的視界逐漸變得清晰。

然後周圍模糊的輪廓慢慢能看得清楚了。

「咦……？」

這時我才發現。

至今為止我的頭不是趴在教室的桌子上——

而是放著筆電的辦公桌。

第十一章
惡夢與腿枕

「為……為什麼會有這種東西……咦……？」

不應該出現在教室裡的物品讓我產生混亂，這時又發現自己穿的不是學校制服。西裝、襯衫、西裝褲、領帶——完全是社會人士的打扮。

「啊……咦……？」

搞不清楚狀況而環視周圍，發現這裡不是學校的教室。

被香菸薰黑的天花板。

老朽化相當明顯而且油漆有多處龜裂的光禿禿牆壁。

沒有整理過的資料隨便亂塞的櫃子。

排在一起的辦公桌與坐鎮在上面的筆電。

太過熟悉的光景讓我全身的血液逐漸變得像冰一樣冷。

（這裡是……等……等等，怎麼會，難道……）

「還敢打瞌睡，你這垃圾還真大牌啊。」

「咦……」

聽見這道聲音的瞬間——腸胃遭到扭轉般的疼痛就竄過身體。

因為響徹辦公室的諷刺聲是我再熟悉也不過的聲音。

「課……長……」

我的上司……開口只有抱怨與謾罵的他是我恐懼的源頭。

充滿油脂的五十多歲肥胖男性以沒有絲毫良心的眼神看著這邊。

「到底是怎麼回事……我在教室裡……跟大家……」

「什麼，教室～？哈，你這垃圾是作了什麼愚蠢的夢啊。」

「作、夢……？」

胡說些什麼啊。

那怎麼可能是夢。

我回到過去重新過生活，為了取回錯失的事物而——

「哈，我是不知道你作了什麼快樂的夢啦！這裡才是你的現實！」

不對。這是騙人的。

這不可能是現實。不應該是現實。

「好啦，新濱。接下來是快樂的工作時間了。」

課長以咧嘴笑著的臉靠近我的桌子，不斷把檔案、資料重重地堆積到我的桌上。那是就算每天熬夜都不知道什麼時候才能結束的分量。

「別想要休假。也不准辭職。你只能一直在這裡做牛做馬。不論是明天、後天還是大後天！這就是你的一生啦！」

第十一章
惡夢與腿枕

不對、不對、不對。

我的一生不是這樣。

為了不變成這種地獄般的人生，我要改變未來。

「不過你好像作了一個很不錯的夢嘛？」

別說了。

不要再說任何話。

「但現在應該醒了吧？你所看到的——」

不對。

不對不對不對不對不對不對……！

「全部都是一廂情願的妄想啦。」

像是凝固漆黑油漬般的嘲笑聲纏繞到我身上。

我周圍的所有東西都是那麼地熟悉——

沉默地呢喃著這裡就是最適合你的地方。

「——說起來，你真的以為可以回到過去重新來過嗎？」

腦袋裡響起課長之外的某道聲音。

像是陌生也像是人生聽過最多次的聲音。

啊啊，對了，這是——我的聲音。

「跟紫条院同學變熟了？要改變她的未來？」

「跟死別的媽媽重新相遇？」

「受到妹妹仰慕，兩個人能夠笑著聊天？」

「讓校慶成功而獲得班上同學的感謝？」

「全部、全部、全部——都是你的妄想。」

「不過是可悲男人在人生最後所作的夢。」

盈滿腦袋的聲音嘲笑我說那種一廂情願的夢不過是妄想。

這樣的嘲笑直接烙印在我的心裡。

思考能力逐漸消失，內心慢慢地再也無法相信希望。

是這樣……嗎？

我至今為止……只是夢見自己渴望的願望。

（我所見到的一切……只是一廂情願的幻覺……）

漆黑柏油般的絕望在我內心擴散開來。

心臟失去熱量而逐漸冰冷。

心底深處開了個大洞，一切全變成虛無。

第十一章

惡夢與腿枕

當我內心的一切希望就這樣快要消失的時候——

突然有某種溫暖東西觸碰我的臉頰。

「咦……？」

無限溫暖的某種東西一點一點融化了我幾乎快凍結起來的心。

在我內心擴散開來的漆黑感情，像是被太陽照射的影子一樣逐漸消失。

聽見身邊有人在呼喚我的名字。

清脆又舒服的聲音觸碰著耳朵，讓幾乎快消失的希望之火重新點燃。

內心充滿喜悅與溫暖，感覺得到全身湧出活力。

「這是……」

我知道這道暖流與溫柔的聲音。

它總是振奮我的精神。也是讓我感動的最大原動力。

給予我的心靈光與熱的，一直都是那個女孩。

「紫条院同學……」

到剛才為止都還盤據內心的絕望就好像從未存在一樣，我以開朗的心情說出了這個名字。

*

我——紫条院春華目前在只有兩個人的教室裡注視著睡著發出鼻息聲的新濱同學。

慶功宴結束後，收拾零食等垃圾的新濱同學不知道什麼時候坐在章魚燒喫茶店的座位上睡著了。

當然還是得叫醒他才行，但我知道他是因為今天的繁重工作造成的疲勞才會睡著，於是在其他人放學回家時從風見原同學那裡拿到教室鑰匙，跟睡著的新濱同學一起留在教室。

距離放學最後的時刻還有一些時間。

在那之前想盡量讓新濱同學多睡一點。

「真的是很快樂的校慶呢，新濱同學。」

我在結束任務的章魚燒喫茶店布景的包圍下這麼呢喃著。

沒錯，這次的校慶真的很開心。

把這份樂趣獻給我們的，是在眼前睡到發出鼻息聲的男孩子。

當慶功宴裡每個人打從心底感謝著新濱同學時，我也忍不住露出笑容。

大家都承認新濱同學的努力，而大家的心意也溫暖了新濱同學的心，看見這種模樣後，不知道為什麼連我都感到很開心。

（但是……雖然沒有對任何人說，不過我有時會覺得有一點嫉妒。）

比如說風見原同學與筆橋同學。

兩個人都透過校慶而開始會跟新濱同學說話，當她們對新濱同學露出笑容時，我的內心都會激起些許漣漪。

雖然新濱同學獲得大家的信任讓我感到很開心，但跟自己最熟的男生朋友注意力被別人吸引走的話，還是不由得會感到有點寂寞。

「唔……尤其是風見原同學……」

這次的校慶，由於他們立場上分別是實行委員與顧問，所以待在一起的時間很長。風見原同學相當我行我素所以看不太出她的感情，但對於新濱同學倒是一直維持友好的態度，也經常稱讚他的手腕。

因為他是那麼可靠的人，所以這也是理所當然的事……

「而且新濱同學似乎對風見原同學與筆橋同學特別隨和……」

他對風見原同學的態度大概像是「妳也讓我擋太多箭了吧！」，對筆橋同學則是「啊啊真是的，別發出快哭的聲音！我會想辦法啦！」，但是對我卻是「不嫌棄的話我隨時願意幫忙」，實在太過紳士了。

「面對我時也可以不用那麼拘謹啊……咦？」

偶然看向新濱同學的臉，發現他的額頭正浮現許多汗珠。

而且不只這樣。

臉龐因為痛苦的表情而扭曲，從嘴巴發出苦悶的聲音。

「新……新濱同學！你怎麼了？」

「嗚……啊……啊啊……啊啊啊……」

痛苦呻吟的不尋常模樣，立刻讓我知道他在作惡夢。

而且是相當恐怖的惡夢。

「新濱同學……」

我馬上靜靜地摸著他的臉頰。

事後冷靜回想起來才發現，其實立刻把新濱同學叫醒就可以了，但這時我的腦袋裡根本沒有這樣的想法。

就像小時候遇見不開心的事情時媽媽都會對我做的那樣，只專心地試著以肌膚的溫度來盡可能融化新濱同學的惡夢。

新濱同學應該作的不是惡夢。

像這樣為了各種事情努力拚盡全力的人，就算是作夢也不應該淪為不幸。

「新濱同學應該作的是……幸福的夢！」

為了增加傳達體溫的面積，我以雙手包覆住新濱同學的臉頰。

祈求著可以盡量減輕他的痛苦。

＊

第十一章
惡夢與腿枕

聽見了紫条院同學的聲音。

感覺到紫条院同學的體溫。

啊啊，如果她在身邊的話答案就很明顯了。

這絕對不是現實。

「唉，早知道就不用這麼害怕了……原來只是惡夢啊。」

到剛才為止的心情就像死亡了一樣逐漸消失，我對自己因為如此明顯的惡夢產生混亂而感到羞恥。

應該說知道是夢之後，冷靜下來一看就發現全是漏洞。

感覺記憶中關於這間公司比較沒印象的部分也全都是模糊不清。

「喂，新濱。你在囉嗦些什麼……」

「只有課長的細節相當正確。這就表示我的心理創傷有多深嗎？」

好了，像這種惡夢還是快點醒來比較好——在那之前。

「喂，聽見了嗎垃圾！為了讓你成長連我的份都交給你做吧，快點做事！只要敢摸魚就再降你的薪——」

「吵死了，你這個蠢蛋————！」

從正面對不停發出噪音的課長發出怒吼後，帶著性格扭曲表情的五十多歲男子就瞪大眼睛說不出話來。

難得有這個機會，就把上輩子想對這個傢伙說的話全說出來吧。

「你這像隻肥豬一樣的狗屁課長！抽太多菸了嘴巴都是菸臭味啦！老是抱怨別人有什麼缺失其實自己是個無法獨力完成任何事情的無能傢伙，老是喜歡對別人做出不合理的要求！把自己說得那麼厲害，那你就自己連上一百天班看看啊！」

把平常盤據在胸口的怨嘆全部吐出來後，課長就開始不停地抖動。

哈哈，明明只是夢還想要老大發脾氣啊。

「竟然……竟然敢對我說這種話！你這傢伙別以為往後能好好地做事……啊……？」

課長看見邊折著手指發出啪啪聲邊朝他靠近的我，聲音就變得越來越小。

呵呵，轉個念頭就發現這不是什麼惡夢，反而是一場美夢耶。

「因為作夢的話就不會犯什麼傷害罪了。厚著臉皮跑到人家的夢裡算你倒楣。」

我露出極度燦爛的笑容並且靠近課長。

哈哈哈，現在才退後已經太遲了。

「等……等等……！住手……！」

「這是長年的怨恨……！去死吧——————！」

我握緊拳頭，朝過去光是看見就想吐的臭傢伙衝去。

＊

「太好了，想不到這麼有效……」

用雙手包覆新濱同學的臉是一時衝動做出的舉動，原本不認為這麼做有什麼用。但不知為何效果卓越，新濱同學立刻恢復成平穩的沉睡臉龐。

「這樣新濱同學也能安心地——咦？」

苦悶表情消失的新濱同學，開始說著「嗯……去死吧你……」的夢話，身體同時開始扭動。

結果身體就不斷從位子上往下掉……最後整個掉到地板上，讓我整個人慌了手腳。

「不……不要緊吧，新濱同學？咦……還在睡……？」

整個人躺到教室地板上的新濱同學，又開始發出睡著的鼻息。

連這樣都沒有醒來，看來他果然相當疲倦。

「實在不能讓他就這樣躺著……那個……失禮了……」

我把書包放到地板上代替坐墊並且坐了上去，然後把新濱同學的頭放到自己的大腿上。

跟用書包做枕頭比起來，這樣應該能讓他睡得安穩一些。

（哇……哇啊……原本以為把頭放在腿上沒什麼大不了的……但新濱同學的頭就在我的肚子附近，總覺得……有種奇怪的感覺……）

「嗯……咦……？」

「啊……你起來了嗎，新濱同學？」

「嗯，這次確實是……教室……了……」

心想終於醒過來了而對他搭話，結果說的話仍是沒頭沒腦的。

看來是意識尚未完全清醒的迷糊狀態。

「那個，認得出來嗎？我是紫条院。新濱同學在教室睡著了……」

「啊……是紫条院同學……」

呼喚我名字的新濱同學簡直就像幼兒一樣，看起來是那麼地天真無邪。

我想他大概不是很清楚狀況。

（呵呵，現在的新濱同學……好像小孩子一樣，真是可愛。）

「嗯……？是腿枕耶……好軟喔……」

「那……那個，這是因為……新濱同學滑落到地板上的緣故……」

突然對把新濱同學的頭放在腿上來跟他談話的狀況感到害羞，我終於忍不住說出藉口一般的發言。

「啊啊，好舒服……而且好香……」

「～～～～～嗚！」

我變得滿臉通紅。

今天我在章魚燒喫茶店值班時流了很多汗。

一想到新濱同學聞到我身上的汗臭味，就湧起極度羞恥的感覺。

「啊啊，紫条院同學果然很漂亮……太美了……」

「呀啊！你……你在說什麼啊？」

現在的新濱同學仍處於睡傻了的狀態，應該幾乎沒有意識吧。

但就跟之前與他一起放學回家時一樣，不知為何就是會因為他的發言而產生動搖。

「不過……這不是在作夢吧……」

「咦……」

「紫条院同學……真的在我伸手可及的地方嗎……」

這時的呢喃聲細微到實在不像出自總是積極正向且凡事全力以赴的新濱同學口中，聽起來簡直就像感到恐懼的孩子一樣。

（明明什麼事情都辦得到的新濱同學為什麼會感到如此不安……這我不清楚。但是——）

「——是的，我在這裡。」

就像剛才那樣，我為了消除新濱同學的不安而觸碰他的臉頰。

祈求能盡量讓今天非常努力的男孩子獲得一些安穩的我，帶著這樣的念頭對他露出微笑。

「我就在新濱同學身邊喔。」

＊

第十一章

惡夢與腿枕

（啊啊……好軟的腿枕啊…………嗯？腿……腿枕……？）

在心中呢喃的這句話帶來的破壞力，把籠罩在我腦裡的霧氣全部吹走。

不知是幸運還是不幸，我處於夢想與現實之間的意識瞬間清醒過來。

然後開始認知目前的狀況。

太陽已經下山，窗外已經被夜幕覆蓋。

在微暗且只有兩個人的教室裡，我不知道為什麼枕在紫条院同學的大腿上，到剛才都處於睡到迷糊的狀態，而且似乎開口說了些什麼。

（為……為什麼會出現這種狀況……？）

本來應該立刻跳起來才對，但這種超越處男腦容量的情境讓我的臉紅到腦袋像是快要麻痺一樣，沒辦法做出任何反應只能僵硬地躺在少女的腿上。

然後——

（啊——）

紫条院同學柔軟的手靜靜地撫摸著我的臉頰。

她似乎沒注意到我已經清醒過來，像個母親一樣溫柔地觸碰著我。

那種充滿慈愛的觸摸方式，急速融化了我的害羞與緊張。力量逐漸遠離身體，忍不住整個人委身於甘甜的香氣與體溫當中。

「待在這裡沒關係喔」，有種得到這種允許的感覺。

（啊啊……）

紫条院同學對腿上的我露出沉穩的笑容。

少女那朗朗明月般的微笑實在太過溫柔，而且帶著強烈的新鮮感。

第十一章

惡夢與腿枕

感情產生激烈的動搖，只能痴痴地望著她。

（真的……太美了……）

從大腿往上看的紫条院同學，動人到快讓我流下眼淚。

如流水般的秀髮發出烏亮的光芒，觸碰我臉頰的指尖帶著強烈蠱惑感，表現出清澈心靈的笑容讓人無條件地為之著迷。

無論如何眼睛都離不開她。內心一直大叫著想永遠看著她。

（啊啊——對喔……原來是這樣……）

就這樣，我想起來了。

上輩子的高中時期，紫条院同學首次跟我聊到私事的那間圖書館。

對我來說，那是絕對忘不了的如夢般美麗回憶。

跟剛才一樣同樣入迷地看著她的笑容，那個瞬間就成為了永遠的回憶。

到了現在才終於正確地理解，從那個時候開始就一直存在於自己內心的真正感情。

（我——喜歡紫条院同學。）

我終於對這個單純的事實有了自覺。

她一直是我的憧憬。但我只是用憧憬這個詞來逃避。

其實從上輩子一直到現在——即使馬齒徒長成為傷痕累累的大人還是會夢見她，名為紫条院春華的少女就是如此讓我迷戀。

那麼，為什麼我之前都無法發覺自己的心意呢？

是因為這份心意只不過是憧憬延長線上的淡淡愛慕？

——不對，完全相反。

我對紫条院同學的愛慕之意實在太過強烈了。

上輩子在那間圖書館看見紫条院同學笑容的瞬間——我就完全被她吸引了。然後因此而在我胸口產生的戀愛熱量，激烈到絕對無法歸類成只是學生的淡淡愛慕。

腦袋被鮮明的春風吹過，從頭頂到腳尖都像染上粉紅色般深深為對方著迷。光是看見天使的微笑就像是被施了魔法般幸福，全身細胞都大叫著喜歡紫条院同學。

但是——在陰沉阿宅心中誕生的這份過於強烈的愛意，同時也是逐漸侵蝕我心靈的毒素。

（喜歡紫条院同學，強烈地想待在她身邊，並且一直走在她身旁。但這種絕對不可能實現的現實實在太過殘酷……）

當時的我沒有任何能夠實現戀情的要素。

對自己的自信、告白的勇氣、與對手戰鬥的鬥志、與紫条院同學並肩也不覺得羞恥的風度與能力……不足的部分是數也數不清。

身為人生只思考要如何逃避疼痛的陰沉阿宅，不論名為思慕的能源有多麼強烈，心靈都沒有孕育出能把它變成行動的基礎。

正因為如此，產生的矛盾讓我非常痛苦。

明明喜歡紫条院同學到忍不住流淚的地步，當時身為天生陰沉角的我卻沒有實現戀情的力量。甚至連告白的勇氣都沒有，因此連失戀都稱不上。苦惱在腦袋裡橫行無阻，讓我的心靈日夜被椎心刺骨般的苦悶凌虐。

接著到了最後……為了保護自己的心，我便在下意識中自己騙自己。

（對紫条院同學的感情是像對偶像那樣的「憧憬」，絕對不是戀愛感情……變得深信這才是真實……）

然後自己封印住的愛意，在畢業變成大人之後依然沒有改變。從前世時光旅行回到過去後一直到現在，一切都被遺忘了。

（為了不讓自己心痛，竟然把愛意全部替換掉……我真的是陰沉角中的極品耶……）

絕對不能丟下這一輩子不知道會不會出現一次的烈焰焚身般愛戀不管。不論結果是什麼，要是不表明自己的心意就永遠無法往前進，身為高中生的我潛意識中也知道這一點才對。

但我最後卻無法承受疼痛與苦悶而以遺忘來逃避。

我上輩子臨死之前一瞬間有所自覺的「致命失敗」就是這件事。

下意識中封印了對紫条院同學的愛慕就不用說了——連抱持著如此強烈的心意，都無法打破陰沉角的殼為自己的戀情展開行動，覺得這樣的自己實在太過丟臉，也感到無比的悔恨。

在絕對需要的時候卻無法鼓起勇氣……正是我的青春時代最大的失敗。

（明明充滿想要復仇的幹勁，卻忘了最重要的事情……啊啊，我這個人真是的……）

雖然用守護紫条院同學的未來這樣的使命感來蒙騙自己，但對我來說最想重新來過的是對心儀的人告白這件事。

我最想取回的青春就是這個女孩子。

然後現在……與紫条院同學談了許多話，跟她多少有些心靈交流後，愛慕之意終於超過極限讓我對一切全都有所自覺。

所以在不遠的將來——

（我絕對要向這個太像天使的女孩子說我喜歡她……！）

這次絕對不逃走，這次一定不再欺騙自己。

要把一直藏在內心的這份心意傳達給妳。

第十一章 惡夢與腿枕

所以在那之前——

「等我……一下……」

變得清晰的腦袋再次被睡魔襲擊。

被心儀少女抱著的安心與幸福感滲透疲憊不堪的身體，把我的意識帶到遙遠的彼方。

「嗯，我會等。」

就在我再次快要進入夢鄉之前，紫条院同學靜靜地這麼呢喃。

「在時間來到之前，我會這樣一直等待著新濱同學——」

像是要慰勞大腿上的我般撫摸著我的頭，臉上露出了極為溫柔靜謐的笑容。

「現在請盡量休息吧。」

是啊——說得也是。現在先休息一下吧。

然後，等醒過來就再次開始努力。

除了改變紫条院同學的未來之外，也持續對我失敗的人生展開復仇。

為了配得上每個人都會戀上的天使，我要好好地鍛鍊第二次的人生。

為了在超越時間的這個世界裡——向妳表明我的心意。

▶ 終幕 ◀ 走過這奇蹟般的日子

校慶隔天。

在麻雀啾啾叫著的早晨，我忍受著全身的疼痛走在前往學校的路上。

（可惡，好痛啊……太拚命烤章魚燒的反動整個出現了。）

雖然實際感受到隔天才出現肌肉痠痛的肉體有多麼年輕，但終於還是忍不住疼痛而繃起臉。雖然年長者常說「能幹的年輕人別露出痛苦的表情！」，但不論是年輕人還是大叔，痛當然還是會痛。

（不過校慶的最後也因此而耍帥了一下。班上的氣氛也因為獲得商品銷售第一名而相當熱絡……當然我自己也很開心。）

走在晴朗的天空底下，我出現了有些驕傲的心情。

一想到和班上那些傢伙一起以最佳的形式完成上輩子幾乎是略過的青春活動，我就忍不住笑了起來。

（不過或許是一起辛苦過的緣故吧，感覺班上的氣氛比之前好很多。感覺變得不必那麼拘

謹，彼此之間的距離也變近了……）

比如我的阿宅同伴銀次，因為在校慶期間使用筆電製作了餐券，跟班上的接觸也變得比以前還要多了。

至於我也是開始會跟以前從未聊過天的同學們說上幾句話。

其中接觸最多的是身為校慶實行委員的眼鏡少女風見原。

慶功宴的時候一臉認真地說著「這次真的非常感謝你的大力相助。代替我做牛做馬讓我輕鬆許多」這種不知道是真心感謝還是挑釁的發言，到最後都維持那種我行我素的態度。

另外像運動少女筆橋在校慶快結束時則是說著「嗚嗚嗚嗚嗚……！那麼……那麼辛苦製作的教室布置明天就要拆掉真是太難過了……！」表示極度惋惜之意。製作時全力投入，拆除時全力感到婉惜。那個元氣十足的女孩可以稱做年輕人模範的行動，對我來說相當耀眼。

（雖然班上的氣氛也改變了……不過變化最大的應該是我吧。）

成功完成校慶後，今天的我跟昨天的我已經有了決定性的不同。

因為對於紫条院同學的愛慕已經有所自覺。

打破我應該說是極度陰沉角部分的詛咒，從上輩子數來整整經過十四年之後才終於發現了自身的真實。

在慶功宴的腿枕之後……回到家的我對於自己內心的烏雲全部消散覺得感動，於是任憑愛慕之心火熱燃燒的勢頭對妹妹香奈子吐露了內心的激情。

「聽我說啊香奈子！我之前好像說過對紫条院同學不是戀愛感情而是憧憬對吧……那是天大的謊言！我對於紫条院同學似乎是身為異性的那種喜歡！」

「啊，嗯，我早就知道了。」

「妳……妳說什麼！」

在客廳沙發上吃著洋芋片的妹妹不理會我的興奮，冷冷地這麼回答。

妹妹察覺我自己完全沒有自覺的愛意這件事讓我感到驚愕，香奈子對這樣的哥哥嘆了口氣後繼續說道：

「我打從一開始就知道了。因為訴說紫条院小姐的事情時，哥哥分明處於不論誰來看都知道是戀愛了的狀態。反正一定是處男特有的思考盲點之類的東西，讓你深信對紫条院小姐的心情是憧憬吧？」

被十四歲國中生正確地說中自己的心情，當天晚上我就因為衝擊太大而整個人跪了下去。

我自己得死過一次才能注意到的事實，身為陽光角的妹妹似乎是一目了然。

（而且香奈子這個傢伙還笑嘻嘻地問「那麼……哥哥到底是在什麼樣的狀況下發覺自己的愛意呢？」。那麼害羞的狀況哪能隨便說給別人聽。）

浮現在腦袋裡的是，籠罩在傍晚黑暗當中的只有兩個人的教室。

像這樣回想起那本身就像是夢境一樣的非現實情境，臉頰就開始發燙——

「啊，新濱同學。早啊！」

突然聽見的清脆聲音，讓嚇了一跳的我回過頭。

站在那裡的是剛才浮現在腦海裡的少女。

美麗的長髮隨風飄盪，極度清澈的純真眼眸閃閃發亮。

散發出高貴氣息的公主般美麗臉龐，綻放著能夠讓任何人著迷的盛開花朵般笑容。

簡直就像重複了一遍時間旅行首日的再次相遇般——名為紫条院春華的女孩子就在那裡。

但是跟那個時候有決定性差異的是……我自身對紫条院同學的反應。

（好……可愛……太可愛了……！）

整個身體開始發燙，我的心臟也開始以極快的速度跳動著。

紫条院同學很可愛是老早就知道的事情，我之所以會產生如此激烈的反應，絕對是因為發覺自身愛意的緣故。

光是看見真心喜歡的少女臉上的笑容，全身就充滿高揚與幸福的感覺。

現在已經自行移除「憧憬」這個濾鏡的我，被紫条院同學的魅力直接擊中了。

「咦？怎麼了嗎，新濱同學？果然是昨天的疲勞還沒全部消失嗎？」

「嗚！」

這時我的防禦力已經歸零，紫条院同學卻毫無防備地把可愛的臉龐靠過來窺看我的臉。雙方的視線在極近距離下糾纏在一起，讓我的腦袋一瞬間沸騰。

「沒……沒沒沒……沒事，我很有精神喔！早安紫条院同學！」

為了隱瞞自己變得通紅的臉頰，我喋喋不休地向對方道早安。

糟……糟糕……從上輩子帶過來的愛慕之意加上正處於青春期的肉體，立刻讓我的思考染上粉紅色……！

「嗯，早安！那個，你的身體真的不要緊嗎？」

「嗯……不要緊。在學校雖然睡到跌到堅硬的地板上，但是頭部因為墊高了而睡得很安穩，回家之後也睡得很沉。已經完全沒問題了。」

雖然肌肉依然非常痠痛，但疲勞確實已經恢復了。

只能說年輕肉體的回復力真的十分優秀。

「這樣啊！那真是太好…………咦？」

紫条院同學原本愉快地說著話，但像是注意到什麼一樣倏然停下嘴巴。

嗯……？到底怎麼了？

「啊，那……那個……『頭部墊高而睡得很安穩』……那之後醒過來的新濱同學還是睡眼矇矓，還以為你的記憶應該相當曖昧……難……難道你記得在教室裡是怎麼睡覺的嗎……？」

「啊……」

紫条院同學以罕見的動搖模樣對我這麼問道。

而在聽見這個問題後，我的腦袋裡就浮現在微暗空間裡的腿枕。

那份溫度與女孩子的甘甜香氣，以及人生首次享受到的大腿柔軟感觸又鮮明地復甦，讓我把從剛才開始就一直處於鮮紅狀態的臉從紫条院同學的注視下移開。

「那……那種反應看起來是記得吧！哇……哇啊啊……！好……好害羞……！」

看來我的態度實在太明顯了，紫条院同學也用雙手摀住自己的臉頰，同時變得滿臉通紅。

「啊，嗯……只記得一點點……那個，抱歉……」

「不……不會，新濱同學沒有錯。那時候是情勢使然才只是有點害羞而已，過了一晚後就覺得真的很不好意思……我想自己那個時候真的太過興奮了……」

就天真無邪的紫条院同學來說，當時的腿枕似乎是受到祭典的興奮感影響才會那麼做，接著好像要表示實在太不謹慎般紅了臉頰。

哎，也難怪她會這樣。我也實際體驗之後才知道，腿枕這種把頭放在裙子上方的構圖，其實是處於緊貼著女孩子下半身的危險狀態。

而且對象是紫条院同學的話，把頭部放在大腿往上看，豐滿的胸部就會壓迫到視線。光是像這樣回想起來，我的臉頰就不停地變紅。

「啊，不過！請不要弄錯了喔！」

「咦……？」

「不論再怎麼害羞，只要新濱同學倒下的話我隨時願意讓你躺在腿上！下次再睡到從椅子上跌下來的時候也交給我吧！」

「咳噗……！」

不知道紫条院同學感到害羞的分界線究竟是在哪，只見天使少女雙手用力握拳來表示決心，堅定地宣告著真正讓我快要害羞到死的內容。

「？怎麼了，新濱同學？今天早上看起來好像在不可思議的時間點受到好幾次衝擊耶。」

「啊，沒有，沒什麼事……」

不斷投下魅力炸彈對我的心臟造成打擊的凶手本人，以感到相當不可思議的表情這麼說道。真想告訴她光是今天早上就讓我心兒怦怦跳幾次了。

（啊啊，一大早心臟就快撐不住了……）

被天真爛漫這個詞搞得一個頭兩個大的我，看向心儀少女的臉龐。

紫条院同學又可愛、又開朗、又天真，然後有點脫線——是我最喜歡的女孩子。即使像這

終幕
走過這奇蹟般的日子

樣超越時間再次相遇，也總是能發現她新的魅力。

對她表明我的愛慕之意——我昨晚雖然下定這個決心，但目前還不是時候。

把前世的後悔轉變成動力的我，只要想告白的話應該就能辦得到吧。

但是對現在的我來說，告白已經是手段而不是目標了。

我不認為結果一點都不重要。

不是在失敗前提下單純表明心意，而是要贏取自己希望的未來。

（我想要的並非完成告白這個結果……而是想成為紫条院同學的男朋友！）

告白是只有一次機會的箭。隨便發射的話就無法射中目標。

因此為了一擊成功，今後也要確實縮短與她之間的距離。

「啊，新濱同學……！一個不注意就經過這麼久了！」

「咦……？嗚哇，真的耶！」

從口袋裡拿出功能型手機確認時間後，發現遲到的期限越來越近了。身於社畜的我應該對遲到特別敏感才對，但是一大早就跟紫条院同學閒聊，讓人足以忘記時間的快樂似乎使我不知不覺放慢了腳步。

「不妙了，紫条院同學！校慶隔天遲到的話一定會被盯上！」

「我……我也這麼認為！加快腳步吧，新濱同學！」

原本陰沉的我要向青春復仇

和那個天使般的女孩一起 Re life

我們一起跑在不知不覺間前往學校的學生人數變得極端稀少的上學路上。
在快步奔跑中我突然開始想著。
這次的時間旅行有什麼意義呢？
為什麼我會在這裡呢？
至於答案——我只能說「完全不知道」。
但不論有沒有意義，我只要拚命度過這第二次的人生就可以了。
不管是今天、明天還是後天，都要全力謳歌這寶石般貴重的青春日子。

內心存在數也數不清的後悔。
空白的旅途上存在全新的希望。
讓我思慕不已的青春就在身邊。

為了這次能活得沒有任何遺憾——
在心裡高舉對青春復仇的目標，我今天也同樣走過這奇蹟般的日子。

後記

後記

角川Sneaker文庫的各位讀者初次見面，我是慶野由志。

想回到青春時期嗎？我想回去。

雖然會暴露年齡，但是現在回想起來，因為《勇者●惡龍V》的存檔消失而痛哭，跟朋友對戰《機戰●兵》時認真到忘記眨眼，妄想突然襲擊班上的恐怖分子被我空手制伏的那個時候真的是擁有無限可能性的時間。

本作的主角新濱不是只說著「那個時候真的很棒……」來懷念過去的男人，人生不停犯錯的他對於過去只有後悔。

但正因為是這樣的男人，渴求第二次人生的意志才會相當高昂，本作就是把過去的失敗與怨嘆全部轉換成能量，以對青春復仇為目標的作品。

為了慎重起見還是把話說在前面，作者是Happy End至上主義者，所以本作就算出現波折也不會以不幸的結局告終，目標是每個人都能有笑容的世界。

賭上玩某個召喚英靈的超有名視覺系小說遊戲時在深夜大叫「為什麼劍●路線都沒有好結

局啊啊啊啊啊啊啊啊！」的自己，這是絕對不會改變的原則。

另外作者作夢都沒想到本書會被書籍化。

我過去以輕小說作者的身分出道後也出版了幾本書籍，但是有一陣子都無法推出完全原創的作品而過得很掙扎。

在進入網路小說全盛時期已經超過十年以上的現在，真的是事到如今才想到要在網路上發表輕小說。

但首次體驗網路小說就突然推出長篇也太冒險……這麼想的我作為練習所寫的就是本作，最初是打算一本文庫本左右就完結。

結果竟然意料之外地受到歡迎，急忙追加情節後推出的正是本書。

這部作品獲得第六屆KAKUYOMU網路小說大賽的戀愛喜劇部門大賞這種非常榮譽的獎項，讓我嚇得真正發出「呼啊！」這樣的聲音。

本作是將網路版大幅改編、加筆後完成的作品，看過網路版的讀者也絕對能享受這次的內容。因此如果在書店裡拿起本書的話，請毫不猶豫地前往結帳櫃檯吧。銷售不佳的話就無法推出續集，萬事拜託了……！（認真）

順帶一提，看過網路版的讀者可能會出現「咦？沒有那個場景？」的想法（爸爸之類的），只是方針上把一部分場景移到下一集而已並不是消失了，請大家放心。

後記

那麼，最後要獻上我的謝意。

第六屆KAKUYOMU網路小說大賽的諸位評審，拙作能夠獲得戀愛喜劇部門的大賞實在是太光榮了。

角川Sneaker文庫編輯部的兄部責任編輯，除了邀我出版之外，在本作書籍化時的改稿計畫獲得您大力協助，在此由衷地表示感謝。

插畫家たん旦老師，您幫忙繪製的超美麗插畫讓我高興到快瘋掉。考量到角色們心情來琢磨設計與構圖真是讓我太感動了。

網路小說投稿網站「KAKUYOMU」、「成為小說家吧」的各位讀者，真的很謝謝你們閱讀我的首部網路小說投稿作品。

然後也要對購買本書的所有讀者獻上最深的謝意。

可以的話，希望能在第二集見到大家。那麼再見了。

慶野由志

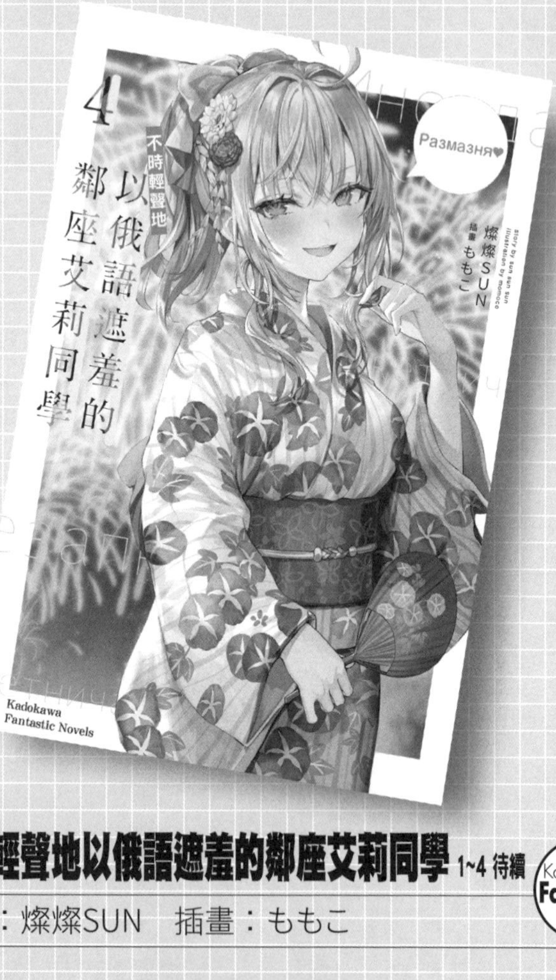
4
不時輕聲地
以俄語遮羞的鄰座艾莉同學
Размазня♥
燦燦SUN
story by sun sun sun
illustration by momoco
插畫 ももこ
Kadokawa
Fantastic Novels

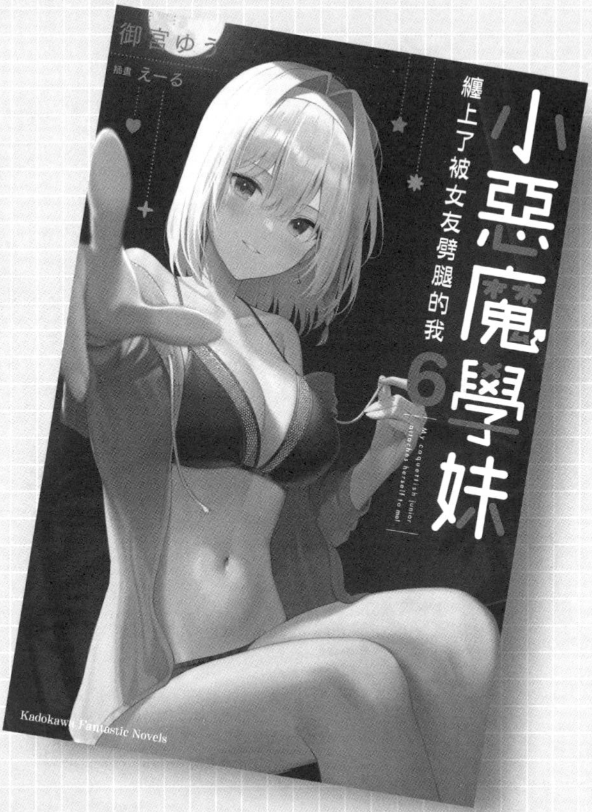

小惡魔學妹纏上了被女友劈腿的我 1~6 待續

Kadokawa Fantastic Novels

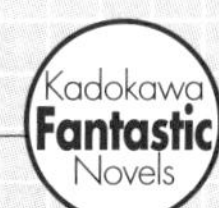

作者：御宮ゆう　插畫：えーる

從今以後，我再也不要有任何顧慮。
必將掀起波瀾的集訓旅行就此展開——

暑假來臨，籃球同好會「start」與彩華所屬的戶外活動同好會聯合舉辦集訓旅行。他們也邀請了禮奈一起參加集訓，一群人前往沙灘是最大賣點的夏日觀光景點！將彼此視為情敵的彩華跟真由，再加上感到焦急的禮奈，各自的戀慕之心加快了腳步——

各 **NT$220~260/HK$73~87**

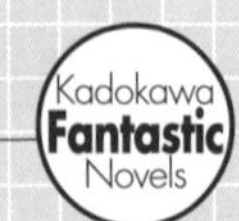

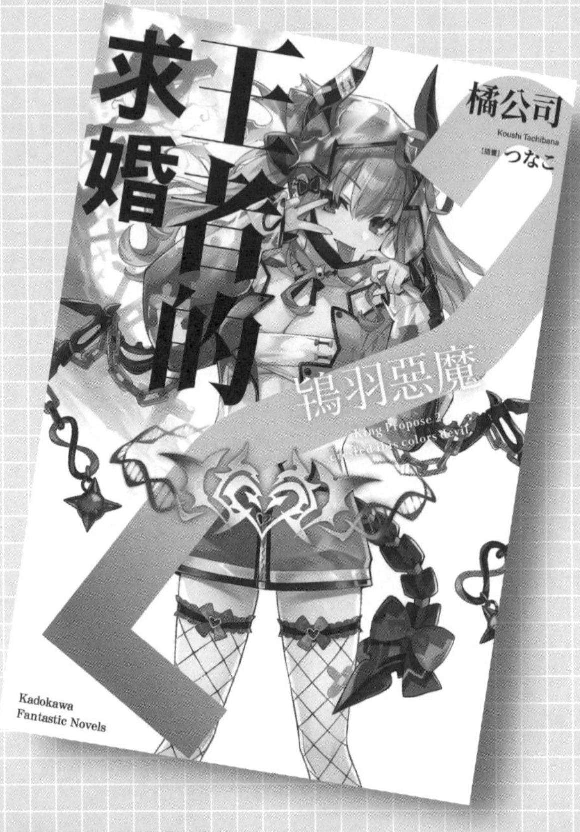

王者的求婚 1~2 待續

Kadokawa Fantastic Novels

作者：橘公司　插畫：つなこ

當紅直播主鴇嶋喰良要來爭奪無色？
以女朋友之位為賭注的魔術交流戰登場。

無色被選為代表，要和另一所魔術師培育機構〈影之樓閣〉展開交流戰。魔術師專用影片分享網站的當紅直播主鴇嶋喰良昭告天下，說無色是她的男友？無色決定以彩禍之姿參加交流戰——〈樓閣〉代表喰良以無色女友之位為賭注，向彩禍下了戰帖——

各 **NT$240/HK$80**

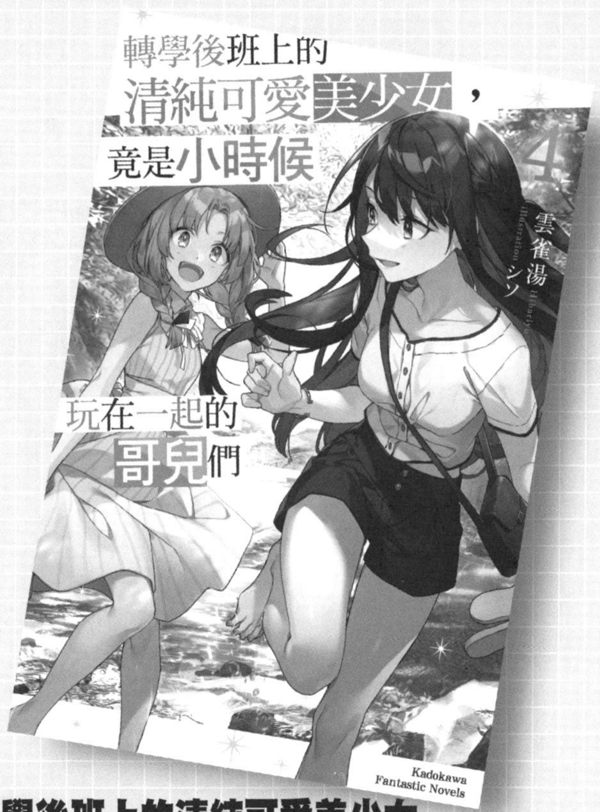

轉學後班上的清純可愛美少女，竟是小時候玩在一起的哥兒們 1~4 待續

作者：雲雀湯　插畫：シソ

越明白藏在沙紀心中的純粹愛意，
胸口的鼓動就越讓人作痛……

春希和隼人、姬子久違地回到了月野瀨，盡情享受鄉間獨有的樂趣，同時也和沙紀越走越近。沙紀是個表裡如一、不計得失，可以為他人努力奮鬥的少女。一定是因為有沙紀陪伴，才造就了如今的隼人。「如果我是男孩子，會喜歡上她吧。那隼人也……」

各 **NT$220~270/HK$73~90**

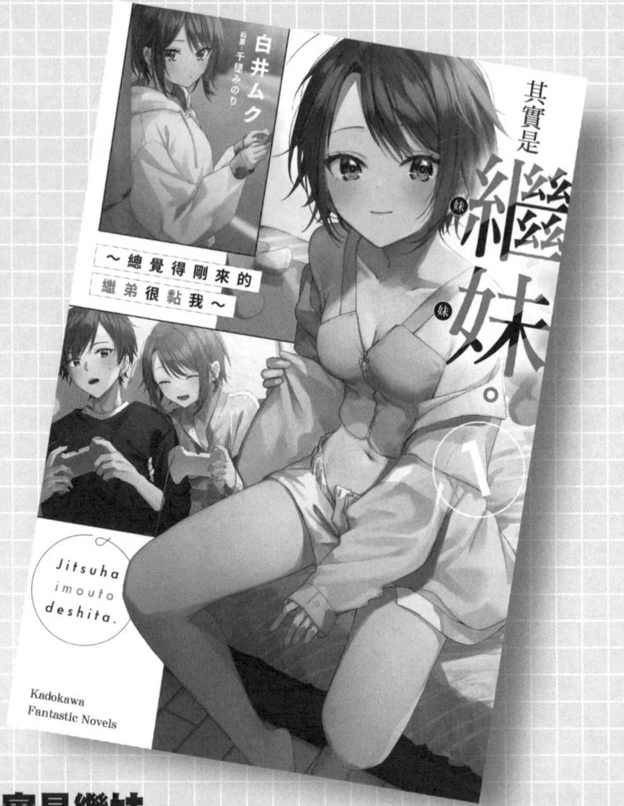

其實是繼妹。
~總覺得剛來的繼弟很黏我~ 1待續

Kadokawa Fantastic Novels

作者：白井ムク　插畫：千種みのり

因為誤會，而讓距離急速接近的兄妹！
成為家人後，醞釀出戀情的戀愛喜劇親密登場！

因為父母再婚，我這個高中生有了一個繼弟，他名叫晶。我原本就嚮往能有個手足，總是和他一起玩……沒想到他超黏我，我們一拍即合，距離也急速拉近！某天我終於發現晶是「妹妹」，陷入混亂之中。而晶開始猛烈追求，目標是從「兄妹」變成「情侶」！

NT$260/HK$87

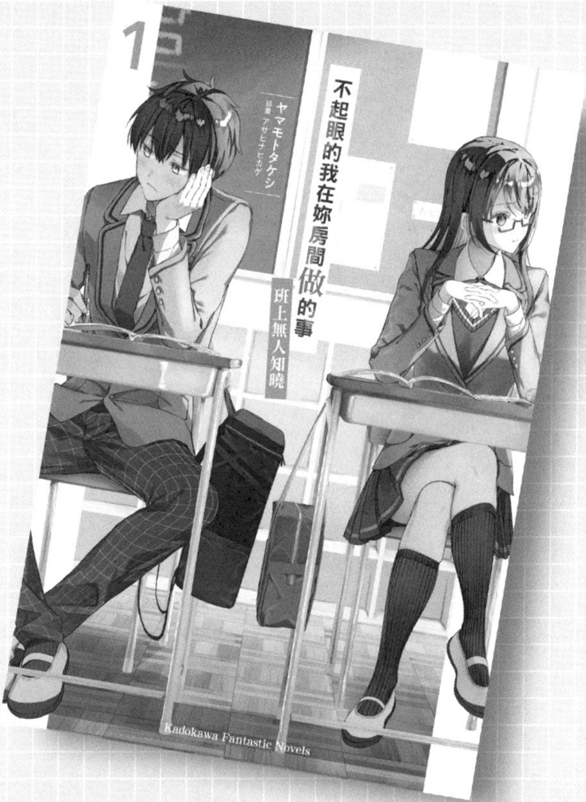

不起眼的我在妳房間做的事班上無人知曉 1 待續

Kadokawa Fantastic Novels

作者：ヤマモトタケシ　插畫：アサヒナヒカゲ

不曾在教室裡交談的我們，床上的關係是祕密
榮獲第六屆カクヨム網路小說大賽雙料獎

班上的邊緣人遠山佑希有個不可言說的祕密——他與同學高井柚實其實是「炮友」。兩人不求心靈相依，只圖方便的肉體關係，對待彼此的界線分明。某一天遠山正在買保險套的那一幕，剛好被班上人緣很好的上原麻里花當場目睹……

NT$220/HK$73

國家圖書館出版品預行編目資料

原本陰沉的我要向青春復仇 ：和那個天使般的女孩一起Re life/慶野由志作；周庭旭譯. -- 初版. -- 臺北市：臺灣角川股份有限公司, 2023.02-
冊；　公分. -- (Kadokawa fantastic novels)
譯自：陰キャだった俺の青春リベンジ：天使すぎるあの娘と歩むReライフ
ISBN 978-626-352-274-9(第1冊：平裝)

861.57　　　111020764

Kadokawa Fantastic Novels

原本陰沉的我要向青春復仇 1 和那個天使般的女孩一起Re life

（原著名：陰キャだった俺の青春リベンジ 天使すぎるあの娘と歩むReライフ）

2023年2月16日 初版第1刷發行
2023年11月21日 初版第2刷發行

作者：慶野由志
插畫：たん旦
譯者：周庭旭

發行人：岩崎剛人
總經理：陳威光
總監：呂慧君
總編輯：蔡佩芬
副總編輯：朱哲成
設計指導：陳晞叡
美術設計：宋芳茹
印務：李明修（主任）、張加恩（主任）、張凱棋

發行所：台灣角川股份有限公司
地址：104台北市中山區松江路223號3樓
電話：（02）2515-3000
傳真：（02）2515-0033
網址：www.kadokawa.com.tw
劃撥帳戶：台灣角川股份有限公司
劃撥帳號：19487412
法律顧問：有澤法律事務所
製版：巨茂科技印刷有限公司
ISBN：978-626-352-274-9